GW00738207

Heidi Hassenmüller wurde 1941 in Hamburg geboren. Nach der mittleren Reife machte sie eine Lehre zur Reedereikauffrau. Sie ist Mutter von vier Kindern und wohnt seit vielen Jahren in den Niederlanden. Von dort aus hat sie Journalistik und Belletristik studiert. Sie schreibt regelmäßig für verschiedene Tageszeitungen und Zeitschriften im In- und Ausland und hat bereits mehrere Jugendbücher publiziert. 1992 veröffentlichte sie «Zuckerpüppchen – Was danach geschah».

Barbara Kavemann, geboren 1949, Diplomsoziologin, arbeitet seit 1973 in verschiedenen Berliner Frauenprojekten. Seit 1983 ist ein Schwerpunkt ihrer Tätigkeit die Forschungsarbeit zum Thema «Sexuelle Gewalt gegen Mädchen». Sie hat dazu zusammen mit Ingrid Lohstöter das Buch «Väter als Täter» (rororo aktuell 5250) veröffentlicht.

Heidi Hassenmüller

Gute Nacht, Zuckerpüppchen

Mit einem Nachwort
von Barbara Kavemann

Rowohlt

rororo rotfuchs
Herausgegeben von Ute Blaich und Renate Boldt

Hilfe für sexuell mißbrauchte Mädchen
siehe Seite 143

49.–63. Tausend November 1994

Veröffentlicht im Rowohlt Taschenbuch Verlag GmbH,
Reinbek bei Hamburg, August 1992
Copyright © 1989 by Georg Bitter Verlag KG,
Recklinghausen
Umschlaggestaltung Nina Rothfos
Umschlagillustration Hanno Rink
rotfuchs-comic Jan P. Schniebel
Copyright © 1992 by Rowohlt Taschenbuch Verlag GmbH,
Reinbek bei Hamburg
Alle Rechte an dieser Ausgabe vorbehalten
Satz Versailles (Linotronic 500)
Gesamtherstellung Clausen & Bosse, Leck
Printed in Germany
790-ISBN 3 499 20614 5

1

Es klingelte.

Die Kinder zählten: einmal, zweimal, dreimal.

«Es ist für uns», sagte Achim und zog fröstelnd die Bettdecke über die Schultern. Es war kalt an diesem Februarmorgen 1947. Bizarre Eisblumen verwehrten den Blick nach draußen auf die Trümmer des Hinterhofes. Das kreisrunde Loch, das Gaby vor wenigen Minuten als Guckloch in die Eiskristalle gehaucht hatte, wuchs mit spitzen Zacken wieder zu.

«Dreimal ist für uns», wiederholte Achim. «Einmal ist für Frau Weitgaß, zweimal für Oma Brinkjewski, und dreimal sind wir.»

Gaby kaute mahlend auf der Brotrinde. Sie war hart, aber mit viel Spucke wurde aus der harten Kruste ein Brotbrei. Oma Brinkjewski konnte die Rinden nicht beißen. Sie hatte ihr Gebiß auf der Flucht verloren. «Ich hatte es gerade im Schnee saubergemacht, und dann kamen die Tiefflieger.» Noch in der Erinnerung schüttelte Oma Brinkjewski entrüstet den Kopf. «Wer denkt an ein paar Zähne, wenn man fürchtet, ins Gras beißen zu müssen», fügte sie dann noch hinzu. Sie bewahrte ihre Brotrinden für die Kinder.

«Gehst du zur Tür?» fragte Achim seine Schwester.

«Mir ist kalt!» Gaby zog die graue, faserige Wolldecke höher. Die Decke kratzte, aber seit sie sie vom Roten Kreuz zugeteilt bekommen hatten, froren sie nachts nicht mehr.

«Erzählst du mir dann eine Geschichte, wenn ich die Tür aufmache?» Prüfend steckte Gaby ihren Fuß unter der Decke hervor. Zwei Paar dicke Socken schützten sie vor weiteren Erfrierungen an den Zehen.

Es klingelte wieder: einmal, zweimal, dreimal.

«Nun geh schon», drängte Achim. «Sonst wird die alte Weitgaß wieder wütend. Oder Mutti steht auf.»

Mutti schlief in dem Zimmer gegenüber, und noch um ein Uhr hatte Achim ihre Nähmaschine rattern hören: Handschuhe in Heimarbeit.

Gaby glitt von dem oberen Etagenbett nach unten und zog den Wintermantel über ihr Nachthemd.

«Vergiß die Geschichte nicht», sagte sie, bevor sie auf ihren Socken den langen, dunklen Flur zur Eingangstür lief.

«Wer ist da?»

Du mußt immer fragen, wer da ist, bevor du die Tür aufmachst, hatte Mutti ihr eingeschärft. Gaby begriff das. Sie dachte an den Wolf und die sieben Geißlein. Die waren gefressen worden, weil sie den Wolf hereingelassen hatten. Nur das Jüngste nicht. Das hatte sich im Uhrenkasten versteckt. Sie hatten keinen Uhrenkasten. Sie hatten nichts mehr, alles war verbrannt. Die Betten hatten sie vom Pastor bekommen und Tisch und Stühle von dem Altwarenhändler um die Ecke.

«Ich möchte zu Frau Mangold», rief ein Mann. Gaby überlegte. Frau Mangold war Mutti, und Mutti schlief, weil sie nachts lange arbeitete.

«Meine Mutter schläft», sagte Gaby zu der Stimme hinter der Tür. Sie zog den Mantel über ihrer Brust zusammen. Es war eiskalt im Flur, und sie wollte zurück in ihr Bett und zu den Brotrinden.

«Mach bitte auf», rief der Mann. «Ich bin ein Kriegskamerad deines Vaters.»

Gaby drehte sich um und lief zurück zu Achim. «Da ist einer von Vati», sagte sie. «Aber Vati ist doch tot?»

Gaby erinnerte sich an den Tag, als das Telegramm kam. Es war schon eine Zeitlang her, aber Muttis Schrei gellte noch in ihren Ohren. So hatte Mutti noch nie geschrien, nicht einmal, als sie nachts aus dem Fenster springen mußten, weil eine Brandbombe in ihren Keller gefallen war und sofort alles in Flammen stand. Da hatte Mutti nur mit Gaby zusammen geweint, weil sie Mümmelmann nicht mehr retten konnten. Mümmelmann jammerte und schrie wie ein Baby, aber sein Stall lag hinter dem Feuerherd.

Frau Weitgaß hatte Mutti das Telegramm gegeben.

«Setzen Sie sich lieber, Frau Mangold. Ein Telegramm in diesen Tagen bedeutet nichts Gutes.»

Mutti blieb stehen und riß mit zitternden Fingern den Umschlag entzwei. Gaby sah zu ihr hoch. Wie schön sie ist, hatte sie gedacht. Wie Schneewittchen, weiß wie Schnee, schwarz wie Ebenholz. Jetzt wurde Mutti ganz weiß. Und sie las und las.

Gerade überlegte Gaby, wie lang so ein Telegramm ist,

als der Schrei aus Mutti herausbrach. Dann fiel Mutti um, und es gab eine Riesenaufregung. Achim hatte sie bei der Hand genommen und aus dem Zimmer geführt. «Vati ist tot», sagte er und weinte. Gaby weinte nicht. Sie erinnerte sich nur an Vatis Stoppelbart, wenn er sie nachts einmal aus dem Bett genommen und in die Höhe geschwenkt hatte. «Meine kleine Hummel», lachte er, weil sie vor Vergnügen brummte.

Achim kroch unter seiner Decke hervor. «Wenn da einer von Vati ist, mußt du aufmachen. Vielleicht hat er noch Post von Vati.» Er schlug seine Wolldecke wie einen Mantel um die Schultern, so daß er aussah wie ein alter Hirte. «Ich gehe mit.»
Halb versteckt hinter ihrem Bruder stand Gaby, als Achim die Sicherheitskette löste und die Tür öffnete.
«Na endlich», sagte der Mann erleichtert und lachte breit. Das Licht des Treppenhauses fiel auf sein gebräuntes Gesicht und zauberte glänzende Kringel auf seine Halbglatze. Neben ihm stand ein prall gefüllter Rucksack und ein Koffer, der von Schnüren und Riemen zusammengehalten wurde. Vor seinem Bauch baumelte eine große Tasche wie ein Krämerladen.
«Wollt ihr eine Tafel Schokolade?» fragte der Mann und reichte Gaby einen silbern verpackten Riegel. Zu Achim sagte er: «Mach deine Mutter wach. Sag ihr, Anton Malsch ist hier. Ein guter Freund von Ferdi.»

Eine Stunde später saß Gaby bei Onkel Malsch auf dem Schoß und kaute unbekannte Köstlichkeiten: rosarote, gelbe und mintgrüne Oblaten, die ungeahnt lieblich auf der Zunge zergingen. Kekse, gefüllt mit einer braunen Creme, die an den Zähnen klebte. Sie schmeckte wie der Kaffee, den Mutti sonntags mit Frau Weitgaß aufbrühte. Gaby durfte dann etwas Kaffeesatz probieren. «Davon wird man schön», behauptete Frau Weitgaß. Gaby wollte schön werden wie Mutti, und außerdem liebte sie den krümelig bitteren Geschmack.

Jetzt ließ sie sich von Onkel Malsch vollstopfen mit Keksen, Schokolade und sauren rot-weißen Bonbons.

Später machte Achim ihr Vorwürfe: «Wie kannst du mit einem Fremden so herumschmusen? Nur wegen etwas zu essen?»

«Nicht wahr», protestierte Gaby und hängte sich halb über ihr Bett, um ihren Bruder unten besser sehen zu können. «Du hast doch auch von der Schokolade und von den Keksen gegessen.»

«Aber ich habe den Mann dafür nicht abgeschleckt. Er ist doch ein Freund von Vati.» Gaby legte sich wieder hin und zog die Decke hoch. «Er hatte sogar ein Foto mit Vati darauf.»

Auf dem Foto stand Vati fröhlich lachend, eine Hand auf der Schulter des Herrn Malsch, mit der anderen Hand winkte er.

«Das war in Ägypten», erklärte Achim. «Da ist der Malsch in Gefangenschaft gekommen. Vati mußte noch nach Berlin. Dort ist er auch gefallen.»

«Ja», sagte Gaby. «Aber Onkel Malsch finde ich doch nett.»

Die ersten Wochen schlief Onkel Malsch auf der alten Couch in der Küche. Frau Weitgaß hatte es erlaubt, als Onkel Malsch ihr dafür ein Pfund Kaffee gab. «In die Tschechoslowakei kann ich nicht zurück. Da sitzt der Russe, und wer weiß, wie das noch wird.»

Frau Weitgaß nickte und seufzte. «Wir können froh sein, daß der Russe nicht in Hamburg ist. Vor der Tür steht er sozusagen schon.»

Nach einigen Wochen besorgte Onkel Malsch ein richtiges Bett auf dem schwarzen Markt, und das kam in Muttis Zimmer. Für die Küche war es zu groß, und außerdem ging das auf die Dauer nicht, ein Bett in der Küche. Oma Brinkjewski schlief schlecht und saß stundenlang nachts am Küchentisch und starrte auf alte Fotos. Dann schlief sie im Sitzen wieder ein und schnarchte laut. Mutti schnarchte nicht.

«Nennt Herrn Malsch bitte Onkel Anton», sagte Mutti. «Er bleibt erst einmal bei uns.»

Achim mochte Onkel Anton nicht, und Onkel Anton mochte Achim nicht. Natürlich sagte es keiner von ihnen. Onkel Anton meckerte nur dauernd über Achim. «Ein richtiges Muttersöhnchen», warf er Mutti vor. «Wie kann man einem Jungen eine Klemme ins Haar stecken! Wie ein Baby sieht er aus, und das mit zehn Jahren. Den werde ich mir einmal richtig vornehmen.»

Er ging mit Achim zum Friseur und ließ die schöne Tolle, die Mutti mit einer Haarklemme zur Seite steckte, ganz kurz schneiden. Dann mußte Achim sich morgens eiskalt waschen. Mutti hatte immer als erstes einen Kessel warmes Wasser in die Keramikschüssel gegossen. «Quatsch», sagte Onkel Anton. «Der Junge muß abgehärtet werden. Und vor dem Frühstück holst du die Kohlen aus dem Keller.» Das fand Gaby gemein, denn die volle Kohlenschütte war schwer, und fünf Stockwerke hoch machten sie noch schwerer. Und Onkel Anton bestand darauf, daß die Schütte voll gefüllt war. Spöttisch ließ er Achim seine Ärmel aufrollen. Er drückte auf die weißen Kinderarme. «Pudding, nur Pudding, das müssen Muskeln werden.» Mutti seufzte und wußte nichts zu sagen.

«Das hätte sein Vater auch gewollt», sagte Onkel Anton und sah Mutti zwingend an. «Diese Weiberwirtschaft ist doch nichts für einen richtigen Kerl. Der Ferdi, das war ein richtiger Kerl, der hat immer seinen Mann gestanden.»

«Ja», sagte Mutti, «deswegen ist er auch tot.»

Achim sagte nichts, er redete überhaupt sehr wenig, seit Onkel Anton bei ihnen war. Er wusch sich eiskalt, schleppte die Kohlen hoch und machte die von Onkel Anton verlangten Turnübungen.

Zu Gaby war Onkel Anton sehr lieb.

«Was für ein zartes Zuckerpüppchen», sagte er. «Das ganze Gesicht besteht nur aus Augen.»

Eigenhändig füllte er warmes Wasser in ihre Waschschüssel. «Mein kleines Engelchen», flüsterte er. «Du bist etwas ganz Besonderes», und er küßte sie. Gaby hörte das gerne und fühlte sich wie eine Prinzessin in Achims Märchen. Sie mochte Onkel Anton sehr gerne, und sie war froh, daß sie keine Muskeln bekommen mußte. Onkel

Anton erklärte ihr, einen richtigen Jungen müsse man beizeiten hart anpacken, sonst würde er nie ein Mann. Und er mußte es ja wissen, schließlich war Onkel Anton ein Mann.

Im Mai heiratete Mutti Onkel Anton. Das ging nicht anders. Nachbarn hatten sich über Muttis unmoralisches Verhalten beschwert. Sie lebte mit einem Mann zusammen in einem Zimmer, und schließlich hatte sie zwei kleine Kinder. Vom Vormundschaftsgericht kam ein Beamter und machte ihr heftige Vorwürfe: «In einem Zimmer mit Herrn Malsch, und nebenan schlafen Ihre Kinder.»

Mutti protestierte: «Wir haben doch kein extra Zimmer. Und in der Küche geht es auch nicht wegen Frau Brinkjewski.»

«Damit habe ich nichts zu tun», sagte der Mann von der Behörde und drehte unwillig die Spitze seines Bartes. «Denken Sie an die Moral Ihrer Kinder. Und Ihre Witwenrente wird auch gekürzt werden. Sie leben in wilder Ehe mit diesem Mann. Ich muß das weitergeben.»

Onkel Anton nahm Mutti in die Arme. «Jetzt wird geheiratet. Der Ferdi hat sowieso zu mir gesagt: Anton, wenn was ist, kümmere dich um Hetty und die Kinder. Das ist meine Pflicht und Schuldigkeit als Ferdis Kamerad.»

Gaby fand das sehr nett von Onkel Anton, und auch Mutti war erleichtert, daß alles wieder seine Ordnung haben sollte. Nur Achim sagte abends zu Gaby: «Der weiß doch sonst nicht wohin. Hier legt er sich ins gemachte Bett.»

«Das Bett hat Onkel Anton selbst besorgt», widersprach Gaby. «Es hat ihn ein Stange Zigaretten gekostet.»

Mutti nähte Gaby ein neues Kleid. Den Stoff hatte sie auf dem schwarzen Markt getauscht. Auf dem schwarzen Markt konnte man alles bekommen, von ledernen Schuhen bis hin zu Uhren, Kleidern und Mänteln. Wenn man Zigaretten, Kaffee oder Butter hatte, gab es nichts, das es nicht gab.

Auf Gabys Kleid blühten viele bunte Stiefmütterchen. So etwas Schönes hatte Gaby noch nie gesehen. Sie sahen so echt aus, daß Gaby meinte, sie müßten auch duften. Und tatsächlich roch der Stoff ganz lieblich. «Ein Parfum», erklärte Mutti ihr. «Der Stoff hat bestimmt einer vornehmen Dame gehört.»

Auch Achim bekam eine neue Hose aus einem gewendeten Wehrmachtsmantel. «Die kratzt», sagte Achim und wollte sie nicht anziehen.

Bevor Onkel Anton richtig wütend werden konnte, gab Mutti Achim eine dünne Schlafanzughose. «Zieh die darunter an, dann merkst du das Kratzen nicht.»

Deswegen hatte Achim den ganzen Tag über Schweißtropfen auf der Stirn, denn es war ein sonniger Maientag, als Mutti Onkel Anton ihr Jawort gab.

Nach der Trauung auf dem Standesamt ging es zurück in die Hollunderstraße. Frau Weitgaß hatte ein Festmahl vorbereitet. Die Zutaten kamen von Onkel Anton, der beim Ami im Lager arbeitete und dort alles besorgen konnte.

«Ein Posten, nach dem sich viele alle zehn Finger abschlecken würden», hatte er Mutti erklärt, die nicht so viel mit den Amis im Sinn hatte. Doch gegen Corned beef, Butter, Weißbrot und Milchpuder hatte Mutti kein Argument und nur genickt.

Nach dem Essen stand Onkel Anton auf und hob sein Glas mit richtigem Sekt darin. «Ich trinke auf meinen seligen Kameraden, für dessen Frau und Kinder ich gut sorgen will, und natürlich auf meine geliebte Hetty.»

Oma Brinkjewski schneuzte sich gerührt, und Frau Weitgaß nickte. «Es muß alles seine Richtigkeit haben.»

Onkel Anton wandte sich direkt an Achim und Gaby: «Von heute an bin ich euer Vater. Sagt also jetzt Vati oder Pappi, ganz wie ihr wollt. Der Onkel Anton gehört der Vergangenheit an.»

2

Gaby war aus dem Zimmer gelaufen und saß auf dem geschlossenen Klodeckel, die Beine angezogen, ihren Kopf in ihren Armen vergraben.

Wenn Achim doch weinen und zu Pappi sagen würde, es täte ihm leid. Aber Achim schwieg und preßte nur die Lippen aufeinander.

«Dir treib ich das aus, mein Bürschchen», hatte Pappi gesagt, gar nicht laut, aber es klang schrecklich, wie ein Blitz ohne Donner.

«Hosen runter», hatte er Achim befohlen, und als der nicht gleich begriff: «Los, leg dich über den Tisch und runter mit der Bux!» Gaby hatte entsetzt ihre Hand vor den Mund gelegt, und Pappi hatte ihr zugeblinzelt: «Da siehst du, Zuckerpüppchen, was mit bösen Jungen passiert. Jungens, die stehlen, wie der feine Herr hier.» Dabei hatte Pappi seinen Ledergürtel aus der Hose gezogen. Nach dem Aufklatschen des ersten Schlages war Gaby aus der Küche gelaufen. Wenn es doch endlich aufhören würde!

Natürlich hatte Pappi recht, man durfte nicht stehlen, aber Achim sagte, er habe das Portemonnaie gefunden, und mehr Geld als die zwanzig Mark wären auch nicht darin gewesen.

Früher hatte Achim nie gelogen. Im Luftschutzbunker hatte er ihr stundenlang Geschichten erzählt, so gruselige, daß sie mehr Angst vor den unheimlichen Zwergen der Unterwelt als vor den pfeifenden Bomben hatte.

«Der lügt wie gedruckt», behauptete Pappi. «Und wer lügt, der stiehlt auch.» Wenn Mutti Achim in Schutz nahm, wurde Pappi schrecklich böse und kniff seine Augen zu zwei kleinen Schlitzen zusammen: «Den Ferdi siehst du in ihm, das ist es. Aber er ähnelt ihm nur äußerlich. Der Ferdi, das war ein anderer Kerl. Der würde sich im Grab umdrehen, wenn er wüßte, was für eine Memme aus seinem Sohn geworden ist.»

«Von Ferdi gibt es kein Grab», sagte Mutti leise und weiter nichts mehr. Nur wenn Pappi nicht dabei war, streichelte sie Achim und drückte ihn: «Du bist doch mein Bester, mein großer, vernünftiger Junge.»

Gaby war dann ein wenig traurig, aber schließlich war sie Pappis Zuckerpüppchen, und daß Achim ihr keine Geschichten mehr erzählte, war auch nicht weiter schlimm, sie konnte jetzt selber lesen.

Seit einem Monat ging sie zur Schule. Die katholischen Schwestern der Liebfrauenkirche waren sehr nett. Gaby durfte immer vorlesen und an die Tafel schreiben, während Schwester Agnes in ihrem Brevier las.

«Ein begabtes Kind, die kleine Gabriele», hatte Schwester Agnes zu Mutti gesagt, als sie Gaby wegen eines Arztbesuches früher von der Schule abholte. «Der Segen des Herrn ruht auf dem Kind.»

«Ja.» Mutti nickte. «Nur ihre Gesundheit! Die vielen Bombennächte im Luftschutzkeller haben sie sehr angegriffen.»

«Wen der Herr liebt, den prüft er!» Schwester Agnes strich Gaby über die Haare, und Gaby fühlte sich sehr wichtig. Muttis Nasenflügel bebten, und das war ein Zeichen, daß Mutti sich über etwas ärgerte. Gaby zog Mutti am Ärmel. Mutti lächelte auf sie herab. «Ja, Mäuschen, wir gehen.» Gaby war selig. Mutti sagte nicht oft Mäuschen, aber es klang fast genauso schön wie ‹mein Bester› oder ‹mein Großer›.

Bei dem Arzt mußte sie erst in ein Töpfchen Pipi machen. Eigentlich war sie dafür viel zu groß, doch Mutti erklärte ihr, daß der Arzt das Pipi untersuchen mußte. Und dann war sie stolz, daß sie gleich konnte, während das Mädchen mit den dicken, blonden Zöpfen neben ihr sich schrecklich genierte und nicht konnte. «Sieh doch mal die Kleine, die strullert auch gleich», sagte die Mutter des anderen Mädchens und sah ihre eigene Tochter strafend an.

Sogar bei der Spritze, mit der die Schwester Blut aus ihrem Arm zog, weinte Gaby nicht. Sie wollte, daß Mutti sie lobte, und Mutti sagte: «Du bist ein tapferes Mädchen.»

Mittags mußte Gaby sich jetzt immer hinlegen. Das hatte der Arzt gesagt. «Bis wir Gewißheit haben, Frau Malsch, das Kind braucht Ruhe.»

«Für Mittagsschlaf bin ich zu groß», maulte Gaby.

«Du sollst auch nicht schlafen, ruhen sollst du, hat der Herr Doktor gesagt», meinte Mutti.

Das war sehr langweilig, weil Gaby nichts anderes durfte als ruhen. Gaby zählte die verblichenen Röschen auf der Tapete und stellte sich vor, wie es wäre, wenn die kleinen Entenkinder auf dem Bild über dem Tisch plötzlich richtig schwimmen könnten.

Dann hatte Pappi einen Schnupfen und blieb auch zu Hause. Nach dem Essen legte er sich auf das Sofa, während Mutti in der anderen Ecke der Küche das Geschirr abwusch.

«Darf ich bei dir ruhen?» bettelte Gaby. Vielleicht würde Pappi ihr dann eine Geschichte erzählen.

«Meinetwegen, Zuckerpüppchen», sagte Pappi und lüftete ein wenig die Wolldecke an. Gaby kroch zu ihm und schmiegte sich an ihn.

Dann war Mutti mit ihrem Geschirr fertig.

«Ich nähe noch etwas», sagte Mutti. «Dann wird es heute nacht nicht so spät.»

«Aber mach die Tür zu», brummte Pappi. «Bei dem Geratter hat das Kind auch keine Ruhe.»

Mutti schloß leise die Tür. Pappi blinzelte auf Gaby herab. «Schön hier zu liegen, nicht wahr?»

«Erzählst du mir eine Geschichte?» bettelte Gaby.

«Eine Geschichte, ja, warte einmal.» Pappi überlegte. «Da war einmal ein kleines Mädchen, das war ganz lieb und süß, so ein richtiges Zuckerpüppchen.»

Gaby kicherte. Das würde bestimmt eine komische Geschichte werden. Denn das Zuckerpüppchen, das war sie doch selbst.

«Und das Zuckerpüppchen hatte ein ganz feines Gesichtchen, einen langen, dünnen Schwanenhals und darunter zwei kleine Brüstchen, wie zwei Erbsen.»

Jetzt mußte Gaby laut lachen, was für eine ulkige Geschichte!

«Psst», sagte Pappi und legte den Finger auf den Mund.

«Mutti darf nichts hören, sonst wird sie böse.» Gaby nickte und schmiegte sich an Pappi. «Und das kleine Zuckerpüppchen hatte einen kleinen, dünnen Bauch.» Pappi strich mit seinen Fingern über ihren Bauch. Beinahe hätte Gaby wieder gelacht, denn das kitzelte, aber schnell schluckte sie das Lachen hinunter.

«Und was hat das kleine Zuckerpüppchen noch mehr?» Pappis Finger glitten in ihren Schlüpfer und streichelten ihre Muschi. Erschrocken preßte Gaby ihre Beine zusammen.

«Das darf man nicht», sagte sie. Doch Pappi hörte nicht, seine Finger taten ihr weh, als er sich zwischen ihre Beine zwängte.

«In einer Geschichte darf man alles.» Er streichelte sie. «Gefällt dir das nicht?» Gaby kniff die Augen fest zusammen.

«Nein», sagte sie. «Hör auf, das ist eine doofe Geschichte.»

«Ich will aber nicht aufhören», sagte Pappi leise, und es klang wie damals, als er Achim verhaute. Ein Blitz ohne Donner. Er bohrte tiefer mit seinen Fingern in ihrer Muschi. «Mir gefällt es», sagte er und atmete heftig. Nach einer Weile hörte er auf und zog seine Hand aus ihrem Schlüpfer und gab ihr einen kleinen Klaps auf den Po.

«Daß du nichts der Mutti erzählst. Dann wird sie ganz böse auf dich, und ich mag dich auch nicht mehr. Das ist jetzt unser Geheimnis.»

Gaby gefiel das Geheimnis nicht, außerdem tat ihr beim Pipimachen alles weh.

Am nächsten Mittag sagte Mutti: «Leg dich zu Pappi. Seinen Schnupfen bekommst du doch nicht, sonst hättest du ihn schon längst. Du schmust ja immer mit ihm herum. Bei Pappi liegst du wenigstens ruhig.»

Gaby hätte gerne nein gesagt, ich will nicht, aber Pappi lachte schon: «Na komm, mein Zuckerpüppchen!»

«Ich will keine Geschichte», flüsterte Gaby und kniff die Augen zu.

«Natürlich nicht», murmelte Pappi und griff ihr gleich zwischen die Beine.

Mutti war noch in der Küche, und Gaby konnte nichts sagen. Die Töpfe schepperten, das Wasser plätscherte im Abwaschbecken, und Pappi kniff und drückte an ihrer Muschi herum. Es tat weh. Und dann hörte er ganz plötzlich wieder auf.

«Ich glaube, die Kleine schläft», hörte Gaby Pappi zu Mutti sagen.

Gaby hatte die Decke über den Kopf gezogen.

«Dann ist es ja gut», meinte Mutti. «Das Kind braucht viel Ruhe, hat der Doktor gesagt.»

Natürlich war es eigentlich nicht schön, im Krankenhaus zu liegen, besonders, weil die Kinderabteilung nach den

Bombenangriffen noch nicht wieder aufgebaut war. Deshalb mußte Gaby in einem Saal mit zehn anderen Frauen liegen. Die waren alle alt und runzelig und erzählten den ganzen Tag schreckliche Geschichten über Krankheit und Tod. Mittwochs und sonntags kamen Mutti und Achim zur Besuchszeit und brachten Blumen und Bücher mit. Pappi kam nicht.

«Er ist zur Kur wegen seiner Lunge», sagte Mutti und hatte rote Augen. Als sie einmal hinausging, um den Doktor zu sprechen, flüsterte Achim Gaby zu: «Er sitzt im Knast. Er ist auf dem schwarzen Markt verhaftet worden. Wegen irgendwelcher Schiebergeschäfte. Sie sagen, er habe bei den Amis geklaut.»

Gaby sah ihren Bruder groß an. Sie dachte an die Prügel, die er Achim wegen des gefundenen Portemonnaies verpaßt hatte.

«Ich hoffe, er kommt nie wieder raus», sagte Gaby. Achim nahm ihre Hand und streichelte sie.

Einen Moment war es wieder wie vor der Ankunft von Pappi.

«Soll ich dir eine Geschichte erzählen?» fragte Achim.

Gaby zog ihre Hand weg. «Nein», sagte sie, «ich mag keine Geschichten mehr.» Und etwas leiser fügte sie hinzu: «Sie machen mir Angst.»

Dann kam Mutti wieder und streichelte Gaby über die Wange und küßte sie auf die Stirn. Das tat sie seit dem ersten Gespräch mit dem Doktor öfter. Dabei hatten sie Gaby hinausgeschickt, aber sie war hinter der Tür stehengeblieben und hatte gelauscht.

«Ihre Tochter hat Nierentuberkulose. Ich will Ihnen

nichts vormachen, es ist sehr ernst. Ein monatelanger Krankenhausaufenthalt wird nötig sein. Wir werden ein neues Medikament ausprobieren, das ist ihre einzige Chance. Eine Operation würde sie nicht überleben.»

Mutti weinte, und Gaby freute sich, weil sie um sie weinte. Und alles zusammen fand sie es nicht schlimm, im Krankenhaus zu liegen. Sie hatte keine Schmerzen. Nur die Diät war blöde: Einen Tag bekam sie normales Essen, allerdings ohne Salz, den zweiten Tag nur Obst und den dritten Tag nur Wasser. Das sollte den Körper reinigen.

Da die anderen Frauen jeden Tag gut duftendes Essen bekamen, fand Gaby ihren Hungertag schlimm. Manchmal sparte sie vom normalen Tag ein paar Brotrinden, bewahrte die in ihrem Nachtkästchen und kaute sie am Wassertag heimlich unter der Bettdecke. Unter die Bettdecke mußte sie sowieso immer, wenn der Arzt kam und die Frauen in ihren Betten untersucht wurden.

«Gaby, Tauchstation», rief Frau Ebbers, wenn die Tür aufging und die Arztvisite begann. Gaby machte es nichts aus, sie fühlte sich unter der Bettdecke wie in einer kleinen, weißen Höhle. Der Doktor lachte über ihr Versteckspielen, wie er es nannte, und sagte, sie sei ein tapferes Mädchen.

Schwester Agnes kam jeden Montag früh außerhalb der Besuchszeit und brachte die Schularbeiten für eine Woche. Das war für Gaby eine willkommene Abwechslung. Sie lernte sehr gerne, und die Lobesworte der Ordensschwester trösteten sie über viele einsame Stunden hinweg. «Wenn du weiter so lernst, Gabriele, kannst du eine Klasse überspringen. Du bist viel weiter als deine Klassenkameradinnen.»

Manchmal überlegte Gaby, ob sie ihr von Pappi erzählen sollte, aber vielleicht würde Schwester Agnes dann nicht mehr kommen, denn außer den Schularbeiten brachte sie ihr auch die Vorbereitungsarbeiten zur ersten heiligen Kommunion. «Geh in dich, mein Kind, und denke, was du gesündigt hast!» Das klang, als könne Schwester Agnes direkt in Gabys sündige Seele sehen.

Gaby bereute von ganzem Herzen, unkeusch gewesen zu sein, so nannte man das, das wußte sie nun. Aber konnte sie versprechen, es nicht mehr zu tun? Nicht zu naschen, konnte sie versuchen, nicht zu schwindeln auch – aber das andere?

Weil Gaby ahnte, wie schlimm ihre Sünde war, lernte sie den Katechismus fast auswendig. Allerdings auch, weil sie sah, wie die alten Frauen sie bewunderten: «Dieses zarte, kleine Kind – und lernt und lernt. Und fromm ist sie, ein richtiges kleines Engelchen.»

Das tat Gaby gut. Sie klagte auch nicht mehr am Wassertag über Hunger. «Opfere deinen Hunger dem lieben Gott», hatte Schwester Agnes ihr geraten, und es half tatsächlich. Wenn ihr Bauch wie ein hungriger Wolf knurrte, schloß sie die Augen und betete: «Lieber Gott, ich schenke dir meinen Hunger.» Das wiederholte sie solange, bis sie einschlief.

Eine Woche vor ihrem siebten Geburtstag kam Gaby wieder nach Hause. «Ein voller Erfolg unserer neuen Behandlung», hatte der Professor zum Abschied gesagt.

Gaby wunderte sich, wie zittrig ihre Beine geworden waren, und nur mit viel Mühe schaffte sie die Treppen zu ihrer Wohnung im fünften Stock. Achim hatte gesagt, er wolle sie tragen, sie wäre bestimmt leichter als eine volle Kohlenschütte, aber schließlich war sie kein Baby mehr.

Erschöpft lag sie wieder auf dem Sofa in der Küche und sah zu den immer noch nicht weggeschwommenen Entenkindern hoch.

«Pappi kommt erst in vier Wochen zurück», hatte Mutti ihr gesagt. Beinahe glücklich schlief Gaby ein.

Vier Wochen sind eine lange Zeit, und vielleicht war dann alles anders?

3

Mutti hatte eine gut bezahlte Arbeit in ihrem erlernten Beruf als technische Zeichnerin gefunden, und die Nähmaschine hörte auf zu rattern.

Pappi kam von der ‹Kur› zurück und sah sehr blaß aus. Er hustete viel.

«Er hat es tatsächlich an der Lunge», erklärte Achim ihr. «Ich habe gehört, daß er jetzt wirklich in ein Sanatorium soll. Die feuchte Luft hinter Gittern war nicht gerade die richtige Kur für ihn.»

Obwohl Pappi ihr leid tat, wenn er so husten mußte, machte Gaby einen großen Bogen um ihn. Nicht immer gelang es ihr, seinen harten Händen zu entkommen, aber wenn es geschah, hielt sie still und betete. Dann tat es weniger weh.

Als der Sanatoriumsaufenthalt für Pappi bewilligt wurde,

ging Gaby mit Achim in die Kirche und dankte dem lieben Gott mit zehn Vaterunser. Sie winkten dem Zug nach, mit dem Pappi nach St. Andreasberg abfuhr, und auch Mutti war nicht sehr traurig.

Die erste Kommunion war ein feierliches Fest, und Gaby fühlte sich in ihrem weißen Kleid wie eine kleine Braut. «Am liebsten möchte ich immer bei Ihnen im Kloster sein», bekannte Gaby Schwester Agnes und schlang beide Arme um die Taille der Nonne. Einen kurzen Augenblick duldete die Schwester den Gefühlsausbruch, dann löste sie sich sanft aus der Umklammerung Gabys.

«Erst mußt du dich im Leben beweisen», sagte sie. «Was weiß ein Kind wie du schon vom Leben?»

Elli war eine neue Mitschülerin, und vom ersten Augenblick an liebte Gaby sie. Elli bezauberte sie durch ihr glucksendes Lachen, dunkle Kohlenaugen und goldige, kleine Kräusellocken. Ellis Vater war auch im Krieg gefallen, aber sie lebte alleine mit ihrer Mutter.

Sie wohnten zusammen in einem großen Zimmer. «Mehr haben wir auch nicht nötig», sagte Elli. «Mutti geht immer mit mir schlafen, weil sie morgens früh in die Fabrik muß.»

«Habt ihr keinen Onkel?» wollte Gaby wissen.

Elli schüttelte ihren Kopf, so daß die Löckchen fröhlich hin- und herwippten. «Nein, und Mutti sagt auch, sie werde immer auf Vati warten.»

«Aber er ist doch tot!» Gaby sah sie entgeistert an. «Wie kann sie auf einen Toten warten?»

«Es ist schon passiert, daß totgeglaubte Soldaten wieder zurückkamen. Und stell dir vor, wenn die Frau dann verheiratet ist.»

Gaby versuchte sich auszumalen, daß Vati wieder da wäre. Wahrscheinlich müßte Pappi dann gehen, denn Vati war ja zuerst mit Mutti verheiratet gewesen.

Eine Zeitlang klammerte sie sich an diesen Gedanken, aber als Pappi aus dem Lungensanatorium zurückkam, erschien ihr das sehr unwahrscheinlich. Pappi war da, und so würde es bleiben.

Elli war ihre beste Freundin geworden. Arm in Arm liefen sie über den Schulhof, machten jeden Tag zusammen Schularbeiten und tuschelten über die Jungens, die ihnen kleine Briefchen zusteckten. An oder Ab? stand darin, und das bedeutete, ob man mit jemand gehen wollte oder nicht. Elli schwärmte eine Zeitlang für Rainer, aber dann sang er auf dem Schulhof: Du sollst mir doch nicht immer auf den Mund sehen, du willst nur einen Kuß, einen Kuß.

«Ein unanständiger Junge», sagte Elli. «Meine Mutter sagt, man küßt sich nur, wenn man verlobt ist oder jedenfalls beinahe.» Gaby hätte bei Holger gerne ‹an› gesagt, aber der traute sich nicht, sie zu fragen, sondern bekam immer rote Ohren, wenn sie mit Elli an seiner Bank vorbeiging. Und eigentlich hatte sie an Elli auch genug: eine Freundin, die sie sehr gern hatte und mit der sie über fast alles reden konnte.

An einem Wochenende durfte Gaby bei Elli schlafen. Ellis Mutter briet Bratkartoffeln mit Speck, und danach spielten sie: Ich sehe was, was du nicht siehst. Elli gewann, weil Gaby viel zu auffällig zu dem Gegenstand guckte, der erraten werden mußte. Gaby freute sich, wenn Elli gewann. Durch deren Freude hatte sie selbst das Gefühl, gewonnen zu haben.

Ein paar Wochen später durfte Elli bei Gaby über Nacht bleiben. Seit Oma Brinkjewski gestorben war, schlief Achim in ihrer kleinen Kammer, und Gaby hatte das Kinderzimmer für sich alleine. Das bedeutete allerdings auch, immer auf der Hut zu sein, daß Pappi sie nicht allein erwischte. Abschließen durfte sie das Zimmer nicht. «Wir sind eine Familie», erklärte Pappi bestimmt, «da hat man keine verschlossenen Türen.»
Als Elli sich in Achims altes Bett legte, fühlte Gaby sich richtig geborgen.
«Ich gehe später in ein Kloster», bekannte Gaby ihr im Schutz der Dunkelheit. «Ich möchte so wie Schwester Agnes werden, ein langes schwarzes Kleid tragen und in einem Haus mit hohen Mauern darum herum leben.»
Elli lachte sie aus. «Du Dummchen, mit einem Mann kannst du doch auch in einem Haus leben. Ich will heiraten und viele Kinder haben.»
Gaby schwieg eine ganze Weile. Konnte man mit einem Mann zusammen glücklich leben?
«Weißt du, woher die Kinder kommen?» fragte sie ihre Freundin. Sie hörte Ellis Bett knarren. «Wenn man verheiratet ist und man hat sich lieb, dann bekommt man Kinder, hat meine Mutter gesagt.»
«Vom Bäcker Behrend die Martha, die hat ein Kind und keinen Mann», flüsterte Gaby.

«Vielleicht ist er tot?» überlegte Elli.

«Nein», Gaby stützte ihren Kopf auf, um Elli im Mondlicht besser sehen zu können. «Frau Weitgaß sagte zu meiner Mutter: ein Früchtchen, die Martha. Die treibt's mit jedem. Was heißt das ‹treiben›?»

«Bestimmt was Unkeusches», antwortete Elli. «Aber ich werde meine Mutti fragen. Meine Mutti weiß alles, und sie sagt, ich soll ihr immer alles sagen. Weil wir ja nur uns beide haben.»

Gaby wußte, daß sie Mutti nicht alles sagen konnte.

Einmal hatte sie beim Abtrocknen zu Mutti gesagt: «Ich finde Pappi gar nicht mehr lieb.» Da hatte Mutti ganz erstaunt eine Augenbraue hochgezogen und gemeint: «Das ist ja etwas ganz Neues. Wenn er jemand anbetet, dann doch sein Zuckerpüppchen. Für dich würde er alles tun.»

Da hatte Gaby nichts mehr gesagt. Wenn sie Mutti das ‹Andere› erzählen würde, wäre sie bestimmt nur böse auf sie. Das sagte Pappi ja auch immer.

Sollte sie es Elli erzählen? Aber vielleicht wollte Elli dann nicht mehr ihre Freundin sein? Vielleicht fand sie sie dann ein schlechtes Mädchen, das unkeusche Dinge tat?

Am nächsten Morgen ging Gaby als erste in die Küche und wusch sich. Für Elli wärmte sie frisches Wasser und goß es in die Keramikschüssel.

«Jetzt bist du dran», lachte sie und zog Elli die Wolldecke weg. Elli rieb sich den Schlaf aus den Augen. «Ich habe von dir geträumt», erzählte sie noch schlaftrunken. «Wir hatten zehn Kinder, und unsere Männer sahen aus wie Rainer und Holger.»

Sie prusteten beide los. «Zehn Kinder, oje!» lachte Gaby. «Und dabei sind wir erst zehn Jahre.»

«Zusammen zwanzig», verbesserte Elli sie und kicherte. «Dein Holger guckt wie ein verliebtes Kalb. So!» Sie verdrehte ihre dunklen Augen so, daß Gaby nur noch das Weiße sah.

«Hör auf, hör auf!» Gaby schob sie zur Tür. «Geh, dein Wasser wird kalt. Gleich stehen meine Mutti und Pappi auf.»

Elli ging in die Küche, und Gaby zog sich an.

Beim Frühstück stieß Gaby Elli unter dem Tisch an. «Zehn Kinder», flüsterte sie und gluckste vor Lachen.

Doch Elli lachte nicht.

Schweigend aß sie ihre Schnitte Brot mit Sirup und sah auf ihren Teller.

«Hat deine Freundin nicht gut geschlafen?» fragte Pappi. Für den Bruchteil einer Sekunde sah Elli auf und in Pappis Augen. Dabei wurde sie feuerrot.

O mein Gott, dachte Gaby und fühlte, wie eine eisige Kälte von ihren Zehen hoch zu ihrem Bauch kroch. Er hat etwas mit ihr getan. Mit Elli! Lieber Gott, laß es nicht wahr sein.

Elli stand auf: «Wir müssen gehen, sonst kommen wir noch zu spät zur Schule. Wiedersehen, Frau Malsch!» Sie sah nicht auf. «Auf Wiedersehen, Herr Malsch!»

Sie lief in den Gang hinaus, als wäre jemand hinter ihr her. «Ein eigenartiges Mädchen», Mutti schüttelte verwundert den Kopf. «Gestern war sie doch noch ganz aufgeweckt!»

Gaby schluckte, glaubte an ihrer Angst zu ersticken, sah

hilflos von einem zum anderen, hätte am liebsten laut geschrien: Nein, nein, nicht das. Nicht mit Elli. Pappi blinzelte ihr zu wie einer Verbündeten. Sie sprang auf, polternd fiel ihr Stuhl um.

«Elli», rief sie, «Elli, warte auf mich.»

Doch Elli wartete nicht auf sie, sie rannte die Treppen hinunter und lief und lief.

«So sag mir doch, was du hast.» Gaby keuchte, als sie Elli vor der Schulpforte einholte.

Elli blieb stehen, atemlos vor Anstrengung. Sie sah sie an. Ihre fröhlichen, braunen Augen sahen aschig grau aus.

«Ich will nie wieder mit dir reden, Gaby Mangold. Aber meiner Mutter, der sage ich es.»

Wie betäubt saß Gaby die nächsten Stunden auf ihrer Bank. Er hatte tatsächlich etwas mit Elli getan, und jetzt war sie nicht mehr ihre Freundin. Ob er dafür ins Gefängnis kommen konnte? Und Mutti?

Du hast schuld, würde Mutti sagen. Sie war deine Freundin. Sie fühlte sich sehr elend, und Schwester Agnes ermahnte sie, aufmerksamer zu sein.

Am nächsten Morgen mußte Gaby zur Rektorin kommen. Elli und ihre Mutter waren schon da, und Schwester Agnes stand mit verschlungenen Armen vor dem Fensterkreuz.

Die Rektorin kam auf sie zu. «Setze dich, Gabriele. Wir müssen dich etwas fragen. Elli hat uns gesagt, daß sie gestern nacht bei dir geschlafen hat.»

«Ja», sagte Gaby tonlos.

«Elli ist deine Freundin, nicht wahr?»

Sie war es, wollte Gaby die Rektorin verbessern, aber sie schwieg, nickte.

«Elli erzählt uns nun, daß dein Vater sie, nun ja», die Rektorin sah unsicher zu Ellis Mutter und dann zu Schwester Agnes: «Dein Vater hätte sie unkeusch angefaßt.»

Er hat es wirklich getan, schrie es in Gaby. Sie sagte nichts.

«Verstehst du mich?» Die Rektorin erhob ihre Stimme. «Beim Waschen, in der Küche, da hat er sie angeblich betastet, angefaßt, da, wo, du weißt schon.»

Gaby holte tief Luft und schlug ihre Augen voll auf, sah in die ernsten Augen der Schulleiterin.

«Nein», sagte sie, «ich weiß nicht, was Elli meint.»

Die Rektorin setzte sich und blätterte in ihren Papieren, sah dann wieder hoch. «Dein Vater, dein Stiefvater, wie ich hier lese, hat dich noch nie», sie hüstelte, «so unkeusch angefaßt?»

Gaby sah zu Schwester Agnes. Außer der Schulleiterin, Frau Busse, hatte noch keiner ein Wort gesagt. «Nein», sagte Gaby und setzte sich ganz gerade. «Mein Pappi würde das nie tun.»

«Und was sagst du zu Ellis Behauptung? Warum sollte sie so etwas Schlimmes erfinden?»

Gaby konnte Elli nicht ansehen. Sie fühlte den Blick ihrer Freundin schmerzhaft im Nacken.

«Ich weiß nicht.» Gaby hielt ihre Augen fest auf das Gesicht von Frau Busse. «Ich weiß wirklich nicht. Vielleicht, weil wir gestern morgen gestritten hatten?»

«Worüber habt ihr gestritten?» fragte jetzt Ellis Mutter, und ihre Stimme bebte. «Ihr wart doch immer ein Herz und eine Seele.»

«Über Jungens und so», sagte Gaby. «Und daß ich später in ein Kloster will. Elli fand das blöde.»

Sie schwieg. Sie konnte nicht mehr weiterreden, wartete auf weitere Beschuldigungen Ellis, doch niemand sagte etwas.

Die Stille schmerzte, dröhnte in ihrem Kopf wie ein riesiger Gong.

«Geht ihr beide bitte hinaus», beschloß die Rektorin nach einer Weile und schickte die Kinder auf den Gang.

Gaby setzte sich auf die Holzbank, Elli lehnte sich an den marmornen Pfeiler.

«Ich dachte, du wärst meine Freundin», sagte Elli und sah verächtlich auf sie herab. «So eine wie du!»

Gaby wußte nicht, was die Erwachsenen in dem Lehrerzimmer beschlossen hatten. Auf jeden Fall kam niemand mit zu ihr nach Hause zu Mutti, um ihr etwas zu erzählen.

Mutti fragte auch nicht, warum sie nie mehr mit Elli spielte. Mutti fragte überhaupt nie etwas.

Elli wurde von Schwester Agnes in eine andere Bank gesetzt. Gaby saß allein, und eine Dornenhecke wuchs um sie herum, Dornen, die sie stachen und bei jeder unvorsichtigen Bewegung ihre Haut aufritzten.

Die anderen Kinder begannen sie zu meiden, tuschelten, wenn sie in die Klasse kam. Sie war anders, wußte Dinge, über die man nicht sprach.

Einen Monat später machte Gaby als Klassenbeste ihre Prüfung zur Oberschule und verließ Schwester Agnes und die katholische Grundschule.

4

Solange Gaby zurückdenken konnte, kannte sie Angst. Sie schlief neben ihr auf dem Kopfkissen, wenn sie hochschreckte und glaubte, Sirenen heulen zu hören.

Die Angst saß zwischen ihnen im Luftschutzkeller, wenn die Detonationen näher und näher kamen, die Glühbirne flackerte, verlosch. Mit der Angst kam Entsetzen vor Unbegreiflichem, Geschichten, die sie hörte und nicht begriff. Menschen, die erschossen werden mußten, weil sie nur im Wasser weiterleben konnten. «Phosphor», flüsterte die Nachbarin Mutti zu. Entsetzen über die kleine, versengte Puppe, die ein freundlicher Mann ihr in seinem Handkoffer zeigte.

«Seine Frau. Seit Tagen schleppt er sie mit sich herum!» Hilflos zog der Luftschutzwart zu Mutti gewandt die Schultern hoch. «Was soll ich tun? Wir kommen mit den Gräbern doch nicht nach.»

Angst und Entsetzen waren allgegenwärtig, jeder hatte sie, kannte den lähmenden Druck auf dem Magen, das Verstummen vor Unaussprechlichem. Man lebte mit der Angst, konnte im Anblick von Toten wieder essen, Kinderlieder singen, wenn andere Worte verschüttet waren. Diese Angst schloß keinen aus.

Sie waren umgezogen in eine Dreizimmer-Neubauwohnung. Gaby freute sich über das große Kinderzimmer; sie schlief wieder zusammen mit Achim. Doch nicht nur dadurch lebte sie auf. Pappi beachtete sie kaum, kam spät nach Hause, roch nach Maiglöckchen und färbte seinen Schnurrbart schwarz.

Sie saßen beim Abendessen, als es an der Tür klingelte. Gaby sprang auf und öffnete sie. Ein Mädchen stand vor ihr. Unsicher sah sie Gaby an, eine Hand vor ihrem dicken Bauch, als wolle sie ihn festhalten.

«Wohnt Anton hier? Ich meine, Herr Anton Malsch?»

«Ja», Gaby nickte. «Mein Pappi.» Neugierig sah sie auf den dicken Bauch. «Bekommst du ein Baby?»

Hinter sich hörte sie Pappi tief Luft holen.

«Ja», sagte das Mädchen und sah an Gaby vorbei. «Ich bekomme ein Kind von deinem Pappi.»

Später lauschten Achim und Gaby atemlos dem Streit, der Wort für Wort durch die dünnen Neubauwände drang.

«Stand schließlich nicht auf ihrer Nase, daß sie erst vierzehn ist. Mir sagte sie, sie sei sechzehn.»

«Ein Kind zu schwängern.» Mutti weinte.

«Du hast doch nie Zeit. Ich bin müde, Anton, Kopfschmerzen, Anton», höhnte Pappi.

Mutti schluchzte, ein Glas fiel um.

Pappi lief im Wohnzimmer hin und her, redete sich immer mehr in Wut. «Eingefangen hast du mich mit deinen Gören. Der Ferdi wußte schon, warum er nicht zurückkam. Ich, Anton, als Ehemann. Ein Witz! An jedem Finger zehn kann ich haben. Junge, knusprige Püppchen!»

Ein Stuhl polterte zu Boden; Mutti weinte laut auf.

«Sieh doch in den Spiegel, wie du aussiehst mit deinen fünfunddreißig Jahren. Vertrocknet und fad!» Pappi lachte böse: «Da holt man sich woanders, was man braucht!»

Kurz darauf fiel die Eingangstür ins Schloß.

Eine Weile war es still, dann hörten die Kinder Mutti laut schluchzend in die Küche laufen.

«Sollen wir was tun?» fragte Gaby Achim. Die Luft hielt den Atem an, so still war es auf einmal.

Achim setzte sich auf. Sein Bett stand schräg unter dem Fenster, und sie konnte sehen, daß er mit vorgebeugtem Kopf lauschte.

«Ich höre nichts mehr, vielleicht ist sie ins Bett gegangen.»

«Sie ist noch in der Küche», beharrte Gaby.

«Uns will sie bestimmt nicht sehen», murmelte Achim.

Noch einmal glaubte Gaby ein lautes Schluchzen zu hören, etwas Schweres fiel zu Boden.

Da war die Angst wieder. Sie kam aus dem Dunkel des Zimmers, legte die knochigen Hände um Gabys Hals. «Achim, bitte steh auf. Schau nach, was Mutti tut. Auf dich wird sie nicht böse.»

Achim knipste die kleine Nachttischlampe an und starrte zu seiner Schwester. «Und wenn er gleich zurückkommt?»

«Geh», flehte Gaby. «Geh, bitte!»

Auf bloßen Füßen schlich Achim zur Tür und öffnete sie leise. Die Küche lag gegenüber dem Kinderzimmer. Der spitze Lichtkegel fiel auf die geschlossene Tür. Achim machte die Deckenlampe an und starrte auf einen dunklen Fleck, der sich langsam vor der Tür ausbreitete.

«Mutti», schrie er, sprang zur Tür, rüttelte an der verschlossenen Klinke. «Mutti, mach auf, mach auf.»

Gaby war ihm nachgekommen, bückte sich. «Blut», flüsterte sie, «es ist Blut.» Sie griff mit ihrer Hand hinein, spreizte ihre Finger wie einen Fächer und bewegte sie langsam in der Lache hin und her. «Es ist ganz warm», murmelte sie und rieb es in ihr Gesicht. «Ganz warm.»

«Gaby», Achim schüttelte sie, «Gaby, lauf nach gegenüber zu Frau Grund. Die haben Telefon. Die Feuerwehr muß kommen. Die Tür aufbrechen. Sag, es ist ein Unfall passiert.»

«Ein Unfall», wiederholte Gaby mechanisch. Sie hörte Achim gegen die Tür hämmern, während sie bei Grunds anläutete.

Frau Grund schrie laut auf, als sie Gabys blutverschmiertes Gesicht und ihre Hände sah.

«Feuerwehr, Polizei, gütiger Himmel, die arme Frau Malsch.»

Irgend jemand wusch Gabys Gesicht, die Hände, zog ihr einen Bademantel über ihr Nachthemd.

«Bleib hier, Kind!»

Gaby machte sich los, ging wie eine Schlafwandlerin zurück in ihre Wohnung.

Nachbarn klopften und hämmerten gegen die Tür. «Aufmachen, Frau Malsch, aufmachen!»

Sie berieten. «Die Tür muß aufgebrochen werden, die Kinder müssen da weg.»

Achim zog Gaby zurück ins Kinderzimmer, schloß die Tür. Draußen erklang die Feuerwehrsirene.

«Laß uns beten», sagte Achim und kniete auf den Holzfußboden.

Gaby kniete neben ihm, fühlte die Bohlen in ihre Knie drücken und wiederholte zitternd: «Dein Wille geschehe, wie im Himmel also auch auf Erden.»

Mutti überlebte. Als Achim und Gaby sie am nächsten Tag im Altonaer Krankenhaus besuchten, lag sie wie eine blasse Blume zwischen den frisch aufgeschüttelten Kissen. Ihr Lächeln war schuldbewußt.

«Meine armen Kinder», flüsterte sie. Vorsichtig streichelten Achim und Gaby ihre Hände. Die Pulse waren dick mit Verband umwickelt.

«Schick ihn weg, weit weg», bat Gaby.

Mutti sah zum Fenster. Kleine Schneeflocken tanzten vorbei, hüllten graue Dächer, schmutzige Straßen und Trümmerfelder in weiße Laken ein.

«Ja», sagte Mutti. «Vielleicht sollten wir noch einmal neu anfangen.»

Drei Monate später sagte Mutti es ihnen. Pappi hielt ihre Hand fest.

Wie rote Schlangen ringelten die vernarbten Wunden sich um ihre Handgelenke.

«Ich bekomme ein Baby!»

«Ein Baby», wiederholte Achim und sah zu Pappi.

«Ein Baby», murmelte Gaby.

«Dann kann unser Zuckerpüppchen Mamma spielen. Ein kleines Schwesterchen für unser Engelchen.» Pappi strich Gaby über die Wange. Sie wich zurück. Ein Baby.

«Du wirst doch nicht eifersüchtig sein, Zuckerpüppchen?» fragte Pappi.

Gaby betete. Jeden Abend betete sie: «Lieber Gott, laß es kein Mädchen sein. Das darfst du nicht zulassen. Du weißt doch, was er mit mir tut. Wenn es ein Mädchen wird, tut er es auch mit ihr. Ich kann sie nicht beschützen.»

Sie glaubte keinen Augenblick, daß es für Pappi einen Unterschied machen würde, daß das Kind seine richtige Tochter wäre.

«Einen Jungen, lieber Gott, bitte, einen Jungen.»

Es waren schlimme Monate nach Muttis freudiger Mitteilung. Pappi ließ Gaby fast keinen Tag in Ruhe; Angst und Sorge nagten an ihr, fraßen sie kaputt. Sie bekam einen juckenden Hautausschlag und mußte sich jeden Morgen und Abend mit einer übelriechenden Paste einreiben.

Anne, ihre neue Banknachbarin in der Oberschule, rutschte so weit wie möglich weg. «Sieht aus wie Krätze», hörte Gaby sie flüstern.

Gleich nach der Schule ging Gaby zum Hausarzt der Familie, Dr. Rehbein. Seine Sprechstunde war gerade zu Ende, und er stand leicht gebückt vor dem Waschbecken und spülte den Seifenschaum von seinen Händen ab.

Fräulein Gramm, seine Sprechstundenhilfe, war schon fort. Dr. Rehbein schaute hoch. «Gaby, guten Tag. Ist noch etwas? So schnell wirkt die Creme nicht.»

«Ich weiß.» Gaby trat zögernd näher. «Ich möchte gerne, daß Sie mir ein Attest ausschreiben, daß der Ausschlag nicht ansteckend ist. »

«Hast du Ärger gehabt?» Er trocknete seine Hände ab. «Komm, setz dich. Ich finde dich sowieso besonders dünn und blaß.»

Gaby nahm auf der Stuhlkante Platz, faltete die Hände in ihrem Schoß. «Jemand in der Schule sagte, ich hätte Krätze. Ich möchte nur, daß Sie aufschreiben, daß es nicht ansteckend ist. Sie sagten doch, es ist nicht ansteckend?»

Der Arzt rieb nachdenklich sein Kinn, während er sich hinter seinem Schreibtisch auf den Stuhl setzte. «Ich habe eine bessere Idee, ich rufe deine Lehrerin an, einverstanden?»

«Ja», sagte Gaby zögernd, «auch gut.»

Dr. Rehbein notierte sich Gabys Schule und den Namen ihrer Lehrerin: Fräulein Moll.

Er lehnte sich zurück, drehte den Füllfederhalter zwischen Daumen und Zeigefinger. «Da ist doch noch etwas, Gaby? Ich habe das Gefühl, daß irgend etwas nicht stimmt. Hast du Sorgen?»

Gaby schüttelte den Kopf. «Nein, es juckt nur so.» Ihre Arme und Beine waren blutig gekratzt. Was sollte sie schon sagen? Dr. Rehbein war auch Muttis Arzt.

«Bist du vielleicht eifersüchtig, weil deine Mutter noch einmal ein Baby bekommt?»

Abrupt stand Gaby auf und sah den Doktor groß an. Auf einmal haßte sie diesen kleinen, freundlichen Mann, der sie behandelte wie einen jungen Hund, dem man gut zureden mußte. Sollte sie ihm sagen, was sie hatte? Ob dann das gütige Lächeln auf seinem Gesicht verschwinden würde? Verschwinden wie eine Seifenblase, die ins Nichts zerplatzte.

«Gaby», Dr. Rehbein stand auch auf. «Gaby, ist dir nicht gut?»

Sie schrak zusammen, schloß für eine Sekunde ihre brennenden Augen. «Doch», sagte sie, «mir ist gut.» Sie wendete sich ab. «Vergessen Sie bitte nicht, Fräulein Moll anzurufen.»

«Moment.» Dr. Rehbein hielt sie am Arm zurück, als sie sich umdrehte, um zu gehen. «Was hältst du davon, wenn

wir dich einmal verschicken würden? Du hast Unterge-
wicht, bist sehr nervös. So vier bis sechs Wochen auf
einem Bauernhof täten dir bestimmt gut. Da könntest du
etwas Speck auf deine Rippen bekommen.»

Gaby war stehengeblieben und sah zu einem großen Pla-
kat an der Wand. Es zeigte ein lachende Frau, einen la-
chenden Mann und in ihrer Mitte ein kleines Mädchen,
das übermütig in die Höhe sprang. Darunter stand:
«Glückliche Kinder mit Sanovit!»

«Wieviel Sanovit muß man trinken, um glücklich zu werden?» Ihre leise Frage hing wie ein Aufschrei in der
Luft.

«Gaby», Dr. Rehbein legte eine Hand auf ihre Schulter.
«Gaby, du brauchst dir wegen des Babys keine Gedanken
zu machen. Es wird dir gefallen, ein kleines Geschwister-
chen zu versorgen.»

Zuckerpüppchen kann Mamma spielen, hörte Gaby
Pappi sagen.

«Ich würde gerne einmal auf einem Bauernhof sein», antwortete Gaby.

Dr. Rehbein ging zurück zu seinem Schreibtisch und
machte sich ein paar Notizen. «Ich werde mit deiner Mutter und mit deinem Vater sprechen.»

«Ich muß gehen, meine Mutter wartet.» An der Tür
drehte Gaby sich noch einmal um. «Übrigens, mein Vater
ist tot.»

Das hatte sie auch am ersten Tag in der neuen Schule gesagt. Jeder mußte ein Namenskärtchen vor sich hinstel-
len, und Fräulein Moll ging von Tisch zu Tisch und bat die
Kinder, etwas von sich zu erzählen.

Mehr als die Hälfte der Kinder hatten keinen leiblichen Vater mehr, drei lebten bei Verwandten, weil Vater und Mutter tot waren.

«Ich bin Halbwaise», begann Gaby zögernd, «und habe einen Bruder.»

«Ihr lebt allein bei eurer Mutter?» fragte Fräulein Moll. Gaby errötete: «Nein, meine Mutter hat wieder geheiratet. Ihr Mann lebt auch bei uns.»

Fräulein Moll schüttelte etwas unwillig ihre grauen Federlöckchen. «Das ist dann dein Stiefvater.»

«Ja», Gaby räusperte sich. «Aber mein Bruder und ich heißen noch immer Mangold.» Es war ihr auf einmal sehr wichtig, daß sie nicht seinen Namen trug. Sie wußte, daß er sie nur wegen der Halbwaisenrente nicht adoptiert hatte. Mutti hatte es ihnen erklärt. «Pappi würde euch gerne adoptieren, aber dann fällt die Rente für euch weg. Das können wir uns nicht erlauben.»

Fräulein Moll fuhr mit der Hand durch ihre Löckchen, als wolle sie sie ordnen. «Der Krieg hat mehr zerstört als unsere Häuser und unsere Familien.» Scheinbar zusammenhanglos fuhr sie fort: «Wir werden die nächsten sechs Jahre zusammen sein, und auf eins könnt ihr euch bei mir immer verlassen: auf Gerechtigkeit. Wenn ich euch Unrecht tue, beklagt euch bei mir.» Sie lächelte. «Allerdings bitte nach der Stunde. Wir werden dann über das Problem reden. Von euch erwarte ich Leistung und Mitarbeit. Das ist alles.»

Gaby fühlte sich irgendwie erleichtert. Fräulein Moll wird nicht sagen, daß ein Segen auf mir ruht. Sie wird mich nach meinen Arbeiten beurteilen, und die werden gut sein. Sie wollte lernen, Anerkennung und Zuneigung durch Leistung bekommen, zumindest in der Schule keinen Druck im Nacken verspüren, die Angst vor der Tür lassen. Fräulein Moll würde sie vor Unrecht innerhalb der Schule schützen. Deshalb war sie zu Dr. Rehbein gegangen.

Er hatte tatsächlich noch vor Unterrichtsbeginn bei Fräulein Moll angerufen. Fräulein Moll benutzte seinen Anruf für eine Stunde Gemeinschaftskunde.
«Ihr glaubt, der Krieg ist vorbei, aber er ist noch in euch, in euren Brüdern und Schwestern, euren Eltern. Bombennächte, Schrecken und Entbehrungen haben euch alle geprägt. Vielleicht werdet ihr ein Leben lang keine Sirenen mehr hören können, ohne eine Gänsehaut zu bekommen. Manche von euch werden immer Angst vor Feuer haben, andere glauben zu ersticken, wenn sie sich in kleinen Räumen, in Kellern aufhalten müssen.»
Sie sah zu Renate, die nervös mit einem Augenlid zuckte. Es sah aus, als blinzelte sie einem schelmisch zu.
«Renate zum Beispiel war eine Woche unter Trümmern verschüttet. Könnt ihr euch vorstellen, wie schlimm das ist, wenn man nicht weg kann, gefangen sitzt im Dunklen? Todesangst hat?»
Die Kinder sahen betreten auf ihre blank polierten Tische. Manch einer hatte Renate schon nachgeäfft und mit dem Lid gezuckt, als hätte man nicht nur ein Staubkorn, sondern ganze Kieselsteine im Auge.
Fräulein Moll erhob ihre Stimme. «Die meisten von uns haben Schlimmes erlebt, auch wenn wir nicht darüber reden. Der eine oder andere von euch wird nachts schlecht schlafen, auf einmal aufschreien, morgens Kopfschmer-

zen haben. Gaby hat einen Hautausschlag, von dem man nicht weiß, woher er kommt. Bestimmt nicht, weil Gaby sich nicht gut wäscht. Ihr Arzt sagte, es ist ein nervöses Ekzem. Gaby ist mit ihrer Mutter ausgebombt worden und hat Nächte und Nächte im Luftschutzkeller verbracht. Viele von euch auch, ich weiß. Seid dankbar, wenn ihr kein nervöses Zwinkern habt, keinen Hautausschlag, aber macht den Schaden bei den anderen nicht noch größer.»

Gaby hatte Fräulein Moll aufmerksam zugehört. So hatte sie das mit dem Krieg noch gar nicht gesehen. Alle waren froh, daß er vorbei war. Vielleicht hatten sie wirklich noch lange mit den Trümmern zu tun. Die auf den Straßen und Plätzen verschwanden jeden Tag etwas mehr, wurden abgeräumt, weggekarrt, beseitigt.

Anne schob ihr einen Zettel zu: «Hilfst du mir bei den Hausarbeiten in Englisch?»

Gaby nickte, schrieb zurück: «Gerne, heute mittag bei dir?»

Sie hütete sich, noch einmal etwas Ähnliches zu erleben wie mit Elli. Das war ihr eine Warnung gewesen. Es war ihre eigene Schuld, sie hätte es wissen müssen. Noch einmal würde so etwas nicht geschehen.

Als Anne eines Mittags zum Schularbeitenmachen mit zu Gaby kam, weil Annes Mutter nicht da war, ließ Gaby sie keinen Moment aus den Augen. Wenn Anne zur Toilette mußte, stellte sie sich im Gang auf. «Was tust du denn?» fragte Pappi. «Hältst du hier Wache?»

Gaby antwortete nicht, sah ihn nur an.

«Blödes Weibervolk», murmelte Pappi und gab ihr im Vorbeigehen einen Schubs. «Mach gefälligst Platz.»

Pappi war jetzt immer zu Hause. Seine Lunge war angeblich so schlecht, daß er nicht mehr arbeiten konnte. Alle naselang mußte er zum Vertrauensarzt. «Sieht aus, als wenn ich die Herren einwickele», sagte er und paffte eine Zigarette nach der anderen. «Ich will meinen Schwerbehindertenschein. Dann bin ich fein raus.»

Mutti sagte nicht viel dazu. Sie hatte ihre Arbeitsstelle als technische Zeichnerin aufgegeben. Die Schwangerschaft machte ihr zu schaffen. Sie hatte zuviel Wasser, und ihre Beine waren zu unförmigen Stampfern angeschwollen.

«Wann bekommt deine Mutter das Kind?» fragte Anne. «Sie sieht aus, als würde sie bald platzen.»

«Im September. Dr. Rehbein hat gesagt, sie ist viel zu dick. Noch zwei Monate geht das so weiter.»

Sie zeigte Anne eine Decke, die sie für das Kleine häkelte.

«Hellblau?» fragte Anne. «Und wenn es ein Mädchen wird?»

5

Pappi brachte Gaby zum Bahnhof. Für Mutti war es zu anstrengend, sie konnte kaum noch laufen.

«Wenn du Ende August zurückkommst, habe ich es bald geschafft, Mäuschen. Erhole dich gut im Odenwald. Pappi und ich kommen gut allein zurecht.»

Täuschte sie sich, oder war Mutti froh, daß sie wegging?

Dabei hatte Gaby ein schlechtes Gewissen, daß sie Mutti mit Pappi allein ließ. Achim war schon vor einer Woche von der Caritas verschickt worden.

Als sie mit Achim darüber sprach, hatte er nur mit den Schultern gezuckt: «Sie wollte es doch nicht anders. Ein Kind! Von ihm!»

Achim veränderte sich in der letzten Zeit sehr. Er war größer als Pappi geworden, und seine Oberlippe sah immer schmuddelig aus, aber das lag an den kleinen Härchen, die dort wuchsen.

«Passen Sie gut auf mein Zuckerpüppchen auf», sagte Pappi zu dem Transportbegleiter. Dabei drückte er Gaby so fest an sich, daß es ihr weh tat.

«Natürlich, Herr Malsch. Ihre Tochter ist bei uns in guten Händen.»

Gaby befreite sich aus Pappis Umklammerung. «Ich steige jetzt in den Zug.»

Sie stand am Zugfenster und sah auf Pappi herab. In den letzten fünf Jahren war sein Haarkranz dünner geworden. Seinen Schnurrbart färbte er immer noch. Die wäßrig blauen Augen ließen sie nicht los. «Bleibe ein liebes Engelchen. Vielleicht ist dein Schwesterchen schon da, wenn du zurückkommst.»

Sein voller Mund zuckte amüsiert, als sie ihr Erschrecken nicht verbergen konnte. «Manchmal kommen Kinder früher. Ich verspreche dir, dann holen wir dich zusammen mit ihr vom Zug ab. Findest du Eva einen schönen Namen?»

Ihre Ferieneltern hießen Ehrenreich. Sie hatten eine erwachsene Tochter Gerda und einen Sohn Toni. Toni war verlobt.

«Was für ein mageres Vögelchen!» Frau Ehrenreich schüttelte fassungslos den Kopf, als Gaby sich abends vor dem Waschzuber wusch. Die Männer hatte sie hinausgeschickt. «Habt ihr denn nicht genug zu essen in der Stadt?»

Gaby trocknete sich ab. «Doch, zu essen haben wir.»

Als sie etwas später alle um den blank gescheuerten Holztisch saßen, gingen Gaby allerdings die Augen über, was es hier alles zu essen gab: zarter Schinken, geräucherte Wurst, Butter, Schmalz mit darin goldbraun gebackenen Zwiebeln und herrlich frisch duftendes Brot.

Die Ehrenreichs arbeiteten hart, jeder half mit auf dem Feld, bei der Ernte und im Haus. Gaby versuchte, sich auch nützlich zu machen. Doch bei der Ernte reichten ihre Kräfte nicht aus, um die Garben hochzuschichten, und beim Harken wurde der Rechen stets schwerer in ihrer Hand. Im Haus nahm Gerda ihr die begonnene Arbeit wieder aus der Hand: «Laß man, Kind, geh an die frische Luft. Ich mache das schon.»

Einmal hörte sie die Bäuerin sagen: «Ein eigenartiges Kind. Habt ihr ihre Augen gesehen? Das sind doch keine Kinderaugen!»

Toni lachte seine Mutter aus. «So ein verschüchtertes Großstadtpflänzchen, das guckt anders in die Welt als unsere Kinder hier.»

«Lehre du mich die Menschen kennen», bestand Frau Ehrenreich auf ihren Worten. «Das ist kein Kind mehr.»

«Sie ist noch keine zwölf!» Ihr Sohn ließ seine Stiefel polternd fallen.

Gaby lief stundenlang über die Wiesen, warf sich irgendwann einmal in das hohe Gras. Weiße Margeriten, blaue Glockenblumen und roter Mohn deckten sie zu. Sie schloß die Augen und fühlte hinter ihren geschlossenen Lidern kleine, rote Sonnenkringel tanzen.

Und da spürte sie auf einmal dieses wehe Gefühl von Sehnsucht, sich aufzulösen, zu verschmelzen, eins zu werden mit der Erde unter ihr, mit den summenden Insekten und dem kribbelnden Getier. Schlafen und nie wieder aufwachen. Keine Angst mehr zu haben.

Sie gehörte nirgends dazu. Mutti lehnte sie ab, sie fühlte es mehr und mehr. Ihre Umarmung war gleichzeitig ein Wegschieben. Nachdenklich sah sie Gaby oft an, als betrachtete sie eine Fremde.

Achim hatte seit kurzem eine Freundin. Christa war wunderschön, strahlte Frische und Unbekümmertheit aus.

Und hier bei den Ehrenreichs war sie geduldet. Man tat ein gutes Werk an ihr. «Sie ist kein Kind», hörte sie die Bäuerin wieder sagen. Sie hatte das Kainszeichen auf ihrer Stirn gesehen. Kain, der seinen Bruder Abel erschlagen hatte. Und von Gott mit einem Zeichen versehen wurde, daß ihn niemand erschlüge. Kains Strafe: am Leben bleiben zu müssen.

Wenn Muttis Kind ein Mädchen werden würde? Mutti konnte sie nichts sagen. Wenn sie es glaubte, würde sie sich vielleicht wieder die Pulsadern aufschneiden. Oder sich aufhängen.

Damit hatte sie Pappi gedroht, Gaby hatte es gehört. «Wenn du mich noch einmal betrügst, hänge ich mich auf.»

War das Betrügen, was Pappi mit ihr tat?

Nie mehr aufzustehen, überlegte Gaby. Wenn ich hier liegenbleibe und sterbe, ist alles vorbei. Und wenn ich bereue, komme ich vielleicht doch in den Himmel. Dann war die Angst auch tot. Wie lebte man ohne Angst?

«Im Paradies ist jeder glücklich, da gibt es keinen Schmerz und keine Pein», hatte Schwester Agnes ihr erklärt. «Man reicht einander die Hände, und ist ein Herz und eine Seele.»

Mit Elli war sie ein Herz und eine Seele gewesen.

Ich möchte eine Hand haben, nur eine einzige Hand, die mich führt und mir den Weg zeigt.

Die goldenen Sonnenkringel verschwanden, und lange Schatten legten sich auf Gabys Gesicht.

Frau Ehrenreich war böse. Sie stopfte Gabys dickes Federbett fest und prüfte die Wärme der Steinflasche an deren Füßen.

«Den Tod hättest du dir holen können. Einzuschlafen auf einer Wiese! Nachts ist es hier empfindlich kühl. Das solltest du doch wissen, daß man im Hellen zu Hause sein muß.»

«Nun laß man, Mutter.» Gerda schob sie zur Seite. «Gaby ist halt die Landluft nicht gewöhnt. Die heiße Milch mit Honig wird ihr guttun.» Sie stützte Gabys Kopf, während diese mit kleinen Schlucken die Milch trank. «Du tust ja gerade, als hätte Gaby es mit Absicht getan.»

Es hatte eine ziemliche Aufregung gegeben, als Gaby zum Abendessen nicht erschienen und auch danach nirgends zu finden war. Um neun Uhr, als es dämmerte, ging Toni sie mit dem Schäferhund Harras und zwei Freunden suchen.

Eine Stunde lang riefen die Männer sie und leuchteten mit Taschenlampen unter Sträuchern und Hecken. Der Hund stöberte sie schließlich auf.

«Wie eine Tote lagst du da», erzählte ihr Toni. «Einen schönen Schrecken hast du uns eingejagt.»

Toni hatte sie nach Hause getragen, und Frau Ehrenreich hatte das apathische Kind als erstes in den mit heißem Wasser gefüllten Waschzuber gesetzt, anschließend mit Franzbranntwein abgerieben und dann ins Bett gepackt.

Gaby fühlte sich leer und traurig. Sie wäre gerne so leicht in ein anderes Leben hinübergegangen.

Nach der Kirche ging sie mit Toni und Martha spazieren. Martha war Tonis Verlobte. Sie hatte einen Silberblick. Vielleicht sah sie deswegen oft verlegen zu Boden.

«In drei Jahren heiraten wir, dann hat Martha die Aussteuer zusammen», erklärte Toni Gaby und nahm die Hand seiner Braut. «Für einen Mann ist es nicht leicht, so lange zu warten. Aber wenn man eine Frau liebt und achtet, dann muß man Geduld haben.»

«Was erzählst du denn dem Kind», protestierte Martha, und eine zarte Röte färbte ihre Wangen. «Das versteht sie noch nicht.»

Toni strich Gaby über den Kopf. «Ich glaube schon, daß sie das versteht. Oder etwa nicht, Gaby?»

Gaby sah zu Toni hoch. «Meinst du, wenn man jemanden liebt, tut man ihm nicht weh?»

Toni kickte einen Stein zur Seite. «Ja, das ist wahr. Wenn man jemanden liebt, dann achtet man ihn und seine Gefühle.»

«Achten», Gaby dachte nach. «Ist das dasselbe wie jemanden respektieren?»

Martha sah sie an und gleichzeitig mit dem linken Auge an ihr vorbei. Gaby irritierte das, und sie sah zur Seite. «Natürlich heißt das respektieren. Deine Eltern sollst du achten und ehren. Das steht schon in der Bibel. Und auch seinen Mann soll man achten.» Schelmisch schielte sie Toni an, der zärtlich ihren Arm nahm.

«Und wie ich dich achte», flüsterte er ihr verliebt zu, dann ließ er Martha plötzlich los. «Aber mach es mir nicht zu schwer.»

Er gab Gaby einen kleinen Knuff. «Komm, wir spielen fangen. Mal sehen, ob ihr mich packen könnt.»

Gaby hatte bald heraus, daß Toni sich mutwillig von ihr und Martha einholen ließ, aber das machte nichts. Sie lachten und alberten, bis alle drei außer Atem waren.

«Genug, ich kann nicht mehr», seufzte Martha lachend und ließ sich erschöpft auf einen großen Stein fallen. «Ich sehe schon, du wirst deine Kinder später schön in Trab halten.»

Sie strich die verschwitzten Haare aus dem Gesicht: «Dein Vater spielt doch bestimmt auch gerne mit dir, Gaby?»

6

Pappi holte sie vom Bahnhof ab, ohne Mutti.

«Mutti liegt im Krankenhaus», erklärte er ihr. Zärtlich sah er Gaby an. «Ich habe dich sehr vermißt, Zuckerpüppchen.»

Gaby fühlte eine Riesenhand, die ihren Bauch zusammendrückte.

«Wo ist Achim?» wollte sie wissen.

«Achim kommt morgen zurück.»

«Ich möchte zu Mutti», bat Gaby.

«Natürlich, Engelchen. Heute abend darfst du mit zur Besuchsstunde, obwohl Kinder unter vierzehn Jahren eigentlich keinen Zutritt haben. Aber ich schmuggle dich einfach hinein. Du weißt doch, daß ich alles für dich tun würde?»

Mutti strich Gaby über die Wange. «Gut schaust du aus, Mäuschen. Bestimmt hast du zugenommen. Und Farbe hast du auch.»

«Geht es dir auch gut?» Gaby streichelte Muttis Hand. «Natürlich, Kleines. Mach dir keine Gedanken. Sei ein folgsames Mädchen, und hilf Pappi zu Hause.»

Pappi hatte Gabys Lieblingsessen vorbereitet: Schinkenfleckerl, Nudeln mit Schinkenstückchen, die im Ofen mit Käse überbacken wurden.

«Zur Feier des Tages darfst du auch ein Glas Wein trinken.»

Der dunkelrote, süße Wein schmeckte herrlich, und Gaby fühlte sich leicht und schwebend wie eine Daunenfeder.

Die Nudeln waren genausogut, als wenn Mutti sie zubereitet hätte. Es war sehr lieb von Pappi, daß er sich soviel Mühe machte.

«Prost, Zuckerpüppchen!» Er stieß mit ihr an.

«Prost, Pappi!»

Pappis Gesicht war von einer grauen Wolke umgeben, einmal weit weg, dann wieder dicht bei ihr, es machte alles nichts aus.

Später legte Pappi sich zu ihr, aber es tat ihr diesmal gar nicht weh.

Sie fühlte etwas Fremdes, Hartes an ihrem Oberschenkel reiben. Das ängstigte sie, sie wollte wegrücken, doch Pappi stöhnte: «Laß, gleich ist es soweit.»

Dann zuckte er wie im Krampf und drehte sich zur Seite. Mit einem Taschentuch wischte er ihren Oberschenkel ab. «Schlaf schön, mein Engelchen!»

In dieser Nacht wurde Mark geboren, ihr Brüderchen.

Eigentlich hätte Gaby dem lieben Gott dankbar sein müssen. Er hatte ihr Gebet erhört: Es war ein Junge.

Sie war nicht dankbar.

Warum war sie kein Junge? Warum mußte ausgerechnet sie Pappi glücklich machen?

Das sagte er immer wieder. «Nur du kannst mich glücklich machen. Und wenn ich glücklich bin, sind wir alle glücklich. Auch Mutti. Und du willst doch, daß Mutti glücklich ist?»

Im Moment war Mutti glücklich. Auch durch Mark einen rosigen, rundlichen Wonneproppen.

Erstaunt betrachtete Gaby das kleine Menschlein, das bei Mutti im Bauch gewesen war.

«Nimm ihn ruhig auf den Arm», sagte Mutti.

«Die Fingerchen, guck doch bloß mal die Fingerchen!»

Entzückt legte Gaby ihren Mittelfinger in die winzige Hand.

Marks Finger schlossen sich um ihren Finger. Eine wohlige Wärme strömte von ihm zu ihr. Sie hatte jemanden, den sie liebhaben konnte.

Gaby ging nicht mehr zur Beichte. Der neue Kaplan hatte immer weiter und weiter gefragt: «Tust du Unkeusches in Worten, Gedanken oder Taten? In Taten? Allein oder mit anderen?»

Gaby hatte zu dem Schatten im Beichtstuhl aufgesehen. Aus dem Schatten wuchs ein Ohr, das an dem hölzernen Wabengitter lehnte. Ein großes Ohr mit kleinen Härchen. Vor dem Ohr zog ein Schweißtropfen eine feine, glänzende Spur. Die Luft war stickig und staubig. Die schmale Holzbank drückte in Gabys Knie.

Sie stand auf und drehte sich um.

Zu dem Ohr gehörte eine Stimme: «Mein Kind bekenne und bereue!»

Gaby schlug den weinroten Samtvorhang zur Seite.

Beim Verlassen der Kirche sah sie noch einmal zu der Marienstatue. Wie schön sie war. Rein und unschuldig. Als einziger Mensch ohne Erbsünde. Konnte ihr jemand helfen, der nicht wußte, was eine Sünde war?

Niemand konnte ihr helfen. Es war gut, das zu wissen. Dann wartete man nicht. Sie war allein.

7

«Ich bring dich um», schrie Achim, «ich bring dich um, du Saukerl!»

Achim stand vor Pappi und schüttelte ihn am Revers hin und her. «Sie war mein Mädchen, begreifst du das, *mein*? Konntest du deine dreckigen Pfoten nicht von ihr lassen?»

Das linke Revers riß unter Achims Griff entzwei.

«Du bist ja verrückt», keuchte Pappi. «Laß mich los, du Irrer!»

«Achim, bitte!» Mutti stand in der Türöffnung und drückte den weinenden Mark an sich.

Achim drehte sich um, ließ Pappi los. Seine Arme sackten wie ausgestopft herab, Tränen strömten aus seinen Augen.

«Mußt du denn immer zu ihm halten?» Er machte eine halbe Kopfbewegung zu Pappi, der sich in den Armsessel hatte fallen lassen und mit einem Taschentuch den Schweiß von seiner Stirn wischte.

Achim machte einen Schritt auf Mutti zu.

«Er lag im Bett, Mutti, mit ihr. Ich habe es gesehen.» Er schluchzte. «Mit meiner Christa.»

Mutti schüttelte den Kopf.

«Das ist nicht wahr. Sie hat hier auf dich gewartet. Ihr war nicht gut. Eben hingelegt hatte sie sich, sagte Pappi.»

Unsicher sah Mutti zu ihrem Mann.

Achim drückte eine Hand vor seine Augen, ließ sie da, als wolle er nichts mehr sehen.

Ein paar Sekunden war es ganz still.

Auch Mark hatte aufgehört zu weinen und sabbelte zufrieden an Muttis Hals.

«Ja, Mutti», sagte Achim. «Ja, es ist ja gut.»

Achim war fort. Er hatte als zweiter Steward auf einem Handelsschiff angemustert, und Mutti hatte ihre Einwilligung gegeben. Mutti war sein Vormund.

Gaby fühlte sich sterbenselend. Ihr Bruder hatte sie allein gelassen. Wäre sie doch ein Junge, dann hätte sie auch alles hingeworfen und sich auf einem Schiff als blinder Passagier versteckt. Ganz weit weg von harten Händen und erschreckenden Körperteilen, wäre sie neu erwacht.

Sie hatte jetzt oft Bauchschmerzen und fragte sich schuldbewußt, ob es ‹davon› kam.

«Bekommst du vielleicht deine Tage?» fragte Anne.

«Was ist das, deine Tage?»

«Dann blutest du da unten eine Woche. Einmal im Monat. Das heißt dann, daß du eine Frau wirst. Wenn man seine Tage hat, kann man auch Kinder bekommen. Du weißt schon, wenn man mit Jungen und so…»

Weiter gingen Annes Erklärungen nicht, und Gaby traute sich nicht, sie zu fragen. Was mit Jungens tun und so? Der Gedanke ließ sie nicht mehr los, fraß sich tiefer und tiefer.

Nach vielen schlaflosen Nächten fragte sie zögernd Mutti: «Was sind das, ‹die Tage›?»

Mutti wickelte Mark und sah auf: «Wieso, hast du sie schon?»

«Nein, aber Anne sagt, so hat es bei ihr auch angefangen. Mit Bauchschmerzen.»

«Ja, so.» Mutti überlegte, strich Mark über sein rundes Bäuchlein. «Paß mal kurz auf ihn auf», sagte sie, ging zu ihrer Handtasche und gab Gaby eine Mark. «Geh zur Drogerie und kaufe dir eine Packung Camelia. Das sind Binden, die man braucht, damit die Wäsche nicht beschmutzt wird. Und sie sollen dir die Fibel für junge Mädchen mitgeben. Da steht alles drin, was du wissen mußt.»

Es dauerte eine Weile, bis Gaby sich traute, in Heymanns Drogerie zu gehen. Glücklicherweise war nur Frau Heymann selbst im Laden. Gaby fühlte ihr Gesicht glühen, als sie Muttis Auftrag wiederholte.

«Natürlich, Gaby. Ist es jetzt bei dir auch bald soweit? Lies dir man alles durch, dann weißt du genug.»

Viel war es nicht. Eine Zeichnung zeigte, wie man den Bindengürtel gebrauchte und die Binden vorne und hinten an dem Haken befestigte. Die Blutung nannte man auch Menstruation. Die Menstruation wurde durch den Eisprung ausgelöst. Ende.

Beim Turnen gab es einige Mädchen, die ihre Tage schon hatten und deswegen nicht mitzuturnen brauchten. Gaby beneidete sie um ihr Wissen und hatte gleichzeitig Angst, daß da in ihrem Körper etwas geschah, was sie nicht begriff.

«Du mußt neue Turnschuhe haben», sagte die Turnlehrerin, Frau Lampe, zu ihr, als sie beim Bocksprung über ihre lose hängende Schuhsohle ausglitt.

«Ja», sagte Gaby.

«Bitte Pappi um extra Geld», sagte Mutti. «Ich komme kaum aus mit meinem Wirtschaftsgeld. Mark hat so viel nötig.»

Ich auch, dachte Gaby.

«Ich muß mit Mark zu Dr. Rehbein», fuhr Mutti fort. «Der Kleine ist erkältet. Regele das mit den Turnschuhen mit Pappi. Es ist sein Geld, von dem wir leben.»

Pappi saß im Wohnzimmer und las die Zeitung.

«Ich brauche ein Paar neue Turnschuhe», sagte Gaby. «Meine alten sind nicht mehr zu reparieren», fügte sie vorsichtshalber noch hinzu.

Pappi legte seine Zeitung auf den Tisch und sah sie freundlich an. «So, was sollen die denn kosten?»

Gaby schluckte, unsicher zog sie die Schultern hoch. «Mit Profilsohle fünfzehn bis zwanzig Mark, glaube ich.»

Pappi lüftete sein Gesäß und zog seine Brieftasche aus der Hosentasche. Umständlich nahm er einen Zwanziger aus dem Portemonnaie und legte ihn vor sich auf den Tisch. Er sah Gaby an. Seine wasserblauen Augen schwammen in plötzlicher Gier.

«Dafür bist du aber ein bißchen lieb zu mir!»

Gaby sah zu dem grünen Schein auf dem Tisch. Sie brauchte neue Turnschuhe. Beate und Helga hatten sie schon ausgelacht mit ihren kaputten Latschen, und Frau Lampe hatte es auch gesagt.

«Na, komm schon her, setz dich auf meinen Schoß.»

Gaby gehorchte und preßte die Augen fest zusammen. Es war so schmerzend hell im Zimmer. Sie wollte nichts sehen. Seine Finger taten ihr weh, und da war wieder das eklige Ding. Sie wußte jetzt, es war sein Glied. «Ich tue dir nichts, nicht richtig, keine Angst», stöhnte er an ihrem Ohr.

«Wasche dich», sagte er etwas später.

Während sie sich mit viel warmem Wasser abwusch, wurde ihr übel. Sie erbrach sich, spülte ihren Mund aus und betrachtete das Mädchen im Spiegel. Schneewittchen, weiß wie Schnee war ihre Haut, und ihre Augen schwarze Kohlen. «Es gibt Frauen, die tun es für Geld», hatte Anne ihr erzählt. «Das sind schlechte Frauen, das Letzte sozusagen. Huren nennt man die.»

Langsam, mit staksigen Beinen, die irgendwie nicht zu ihrem Körper gehörten, ging sie zurück ins Wohnzimmer. Jeder Schritt schmerzte.

Pappi las wieder die Zeitung. Ohne sie zur Seite zu legen, sagte er: «Auf dem Tisch liegt dein Geld. Geh und kaufe dir die Schuhe. Ich will nicht, daß es dir an etwas fehlt.»

Gaby war dreizehneinhalb, als sie das erste Mal menstruierte. Fräulein Moll schickte sie nach Hause, weil die Blutung in der Schule begann und Gaby sie hilflos fragte, was sie tun solle.

«Sprich mit deiner Mutter, und lege dich dann am besten hin. Vielleicht geht es dir morgen schon wieder etwas besser.»

Gaby hätte vor Scham in den Boden versinken können, als Mutti es Pappi erzählte.

«Du bist jetzt ein großes Mädchen», sagte Mutti. «Laß dich nicht mit Jungen ein, und mache dich nicht unglücklich.»

«Nein», sagte Gaby.

Pappis Augen waren ein und all Freundlichkeit. «Unser Zuckerpüppchen wird endlich ein großes Mädchen.»

Anne hatte ihr ein Buch gegeben, darin stand, wie man Kinder machte. Zeugen, hieß es in dem Buch. Das Glied des Mannes ging bei der Frau in die Scheide, und aus dem Samen des Mannes und der Eizelle der Frau wurden Kinder. Dafür mußte die Frau geschlechtsreif sein.

«Geschlechtsreif ist man, wenn man seine Tage hat», fügte Anne noch erklärend hinzu.

Seitdem hatte Gaby keinen ruhigen Tag mehr. Die Angst vor Pappi und einem Kind von ihm, nahm ihr den Atem, ließ sie nachts bei jedem Geräusch hochschrecken. Sie zuckte zusammen, wenn sie seinen Schritt hörte, erstarrte zu Eis, wenn er sagte: «Na, Zuckerpüppchen, wie fühlt man sich als großes Mädchen? So eine richtige kleine Frau?» Dabei verschlangen sich seine Finger ineinander, und er ließ die Gelenke knacken. Gaby sah auf seine nikotingelben Finger, die ihr schon so oft weh getan hatten. Und sie wußte, daß er jetzt mehr wollte. Die Art, wie er sie ansah, im Vorbeigehen über ihre schmerzenden Brustwarzen strich, ihr zuflüsterte: «Keine Angst, ich kenne mich aus. Bei mir passiert nichts.»

Eines Mittags nahm Fräulein Moll sie nach dem Unterricht zur Seite. «Warte einen Augenblick, ich will mit dir reden.» Nachdem die letzte Schülerin die Klassentür hinter sich zugezogen hatte, fragte sie: «Gaby, was ist mit dir? Du siehst blaß und elend aus, zuckst bei jeder Kleinigkeit zusammen. Kann ich dir helfen?»

Gaby biß die Zähne aufeinander, daß der Kiefer schmerzte. Sie wagte nicht, ihre Lehrerin anzusehen.

«Tut dir jemand weh, sind die Kinder nicht nett zu dir?»

Gaby schüttelte den Kopf.

«Gehst du gerne in die Schule?»

«Ja», sagte Gaby. «Wirklich.»

Das war die Wahrheit. In der Schule bekam sie Anerkennung und Bestätigung, und es lag wahrscheinlich an ihr, daß sie sich ‹anders› als ihre Schulkameradinnen fühlte. Bei ihr wurde jedes Lachen aus einem unterdrückten Schluchzer geboren.

«Soll ich mit deiner Mutter sprechen?» schlug Fräulein Moll vor. «Auch Dr. Rehbein, euer Hausarzt, findet dich supernervös.»

«Nein, nein, bitte nicht.» Gaby wehrte erschrocken ab. «Meine Mutter sagt, das liegt an der Entwicklung, weil ich doch so schnell wachse.»

«Und dein Stiefvater?»

Gaby sah zur Tafel. Sie hatten in der letzten Stunde die Berechnung des Kreises durchgenommen. Kein Anfang, kein Ende, der gleiche Durchmesser in alle Richtungen, ein Mittelpunkt. *ER.*

«Mein Stiefvater tut alles für mich», sagte Gaby.

Von Achim war eine Karte gekommen. Ein menschenleerer, weißer Strand mit hohen Palmen und viel blauem Wasser. Mit brennenden Augen sah Gaby erst auf die Karte und dann auf die vertraute Schrift.

Früher hatten sie oft Wortspiele gemacht. Achim schrieb ein Wort, faltete es um, dann schrieb Gaby eins, Verben und Hauptwörter mußten sich abwechseln, doch man wußte nie, was der andere schrieb. Wenn man die Worte vorlas, gab das oft die ulkigsten Sätze.

Seine Schrift ist noch dieselbe, dachte Gaby und strich mit ihrem Zeigefinger liebkosend über den runden Kringel beim großen G. Viele liebe Grüße.

Mutti kam ins Wohnzimmer und schaute über Gabys Schulter auf die Karte. «Wir vermissen ihn, nicht wahr, Mäuschen?» Gaby legte ihre Wange auf Muttis Hand. Am liebsten hätte sie sich an ihr festgeklammert. Langsam zog Mutti ihre Hand unter Gabys Wange fort.

«Kannst du Mark heute abend versorgen? Ich gehe mit Frau Neumeier von nebenan ins Theater. Ihr Mann ist krank geworden, und da hat sie mich gefragt, ob ich nicht mitkommen möchte. Ewig war ich nicht mehr im Schauspielhaus. Gründgens spielt. Weißt du, er soll ein toller Mephisto sein. Jeder spricht von ihm.»

«Ja, gerne», sagte Gaby, drehte Achims Karte um und sah wieder auf den weißen Sandstrand. Gar keine Fußspuren.

«Hörst du mir zu, Gaby? Es ist ja nur, daß jemand bei Mark bleibt. Weil er manchmal wach wird. Gibst ihm dann halt seinen Schnuller.»

Plötzlich holte Gaby tief Luft. «Und Pappi? Wo ist Pappi heute abend?»

«Der hat donnerstags immer Kegeln. Da wird es spät. Das weißt du doch!»

Das wußte Gaby. Meistens hatte Pappi dann zuviel getrunken, und wenn er spät noch in ihr Zimmer kam, rissen seine Finger in ihrem Fleisch.

«Bei dir wird es doch nicht so spät, bitte, Mutti?» Sie sah ihre Mutter flehentlich an. «Ich habe morgen früh eine Mathe-Arbeit, die verhaue ich, wenn ich nicht ausgeschlafen bin.»

Mutti seufzte. «Nein, nein, ich komme schon gleich nach der Vorstellung nach Hause. Du kannst dich ja zu Mark ins Zimmer legen. Dann schläfst du schon, hörst aber, wenn er unruhig wird.»

Mark war ganz lieb. Mit großen Augen hörte er ihr zu, als sie ihm das Märchen vom Rotkäppchen erzählte. Sie wußte, daß er es noch nicht begriff, aber er schaute wie gebannt auf ihren Mund.

«Fressen, Wolf, fressen», klatschte er zum Schluß seine molligen Hände zusammen.

Zwei Jahre war er jetzt, und sie vergötterte den Kleinen. Sein keckes Stupsnäschen, der stets feuchte, fragend geöffnete Mund, die kleinen Speckfalten in seinem Nakken.

«Gaby lieb», murmelte er und saugte dann kräftig an seinem Schnuller.

«Du auch, Markilein, du bist auch ganz lieb.» Sie streichelte über seine Schläfe, dort, wo eine kleine, blaue Vene pochte. Immer wieder strich sie darüber, und Mark schloß die Augen, sein Saugen wurde weniger intensiv, er schlief.

Das ging ja klasse, dachte Gaby. Dann kann ich noch Mathe lernen. Mathematik fiel ihr schwerer als die anderen Fächer. Um hier auch auf ein ‹Gut› zu kommen, mußte sie immer wieder die Regeln pauken. Sie war so vertieft in ihr Schulbuch, daß sie vor Schreck leise aufschrie, als die Wohnzimmertür hinter ihr aufging.

Pappi stand breit lächelnd in der Tür. In der einen Hand hielt er eine Flasche Wein, in der anderen schwenkte er unternehmungslustig seinen Hut.

«Hallo, Zuckerpüppchen!»

«Pappi?!»

«Da staunst du, was? Aber ich dachte, Mutti ist im Theater, und mein Zuckerpüppchen ist ganz allein zu Hause. Vielleicht hat sie Angst, so ganz alleine, ohne ihren lieben

Pappi? Kegeln kann ich immer noch. Heute machen wir zwei uns einen schönen Abend.»

Er hat getrunken, dachte Gaby.

Sie fühlte sich von innen taub und leer werden, als würde sich alles in ihr auflösen und in ein dunkles Loch gezogen. Sie war nicht fähig, sich zu rühren. Pappi warf mit einem gekonnten Schwung seinen Hut auf die Stuhllehne neben ihr, so daß der oberste Knauf ihn auffing.

Dann ging er zum Schrank und holte zwei Weingläser.

«Komm, mein Engelchen, jetzt trink erst einmal einen Schluck. Ganz blaß siehst du aus. Als hättest du ein Gespenst gesehen.» Pappi lachte, und mit einem lauten «Plopp» flutschte der Korken aus der Flasche.

Trinken, dachte Gaby, ja, wenn man trank, war alles nicht so schlimm. Dann würde das, was nun kommen würde, vielleicht auch nicht so schlimm sein.

Sie wußte, was kommen sollte. Mehr als sonst. Alles.

Da begann Mark im Nebenzimmer leise zu jammern.

«Er hat seinen Schnuller verloren.» Gaby sprang auf und lief in Marks Zimmer. Am liebsten hätte sie den Kleinen aus dem Bett gerissen und ihn wie ein Schutzschild vor sich hergetragen.

Es würde ihr nichts helfen. Pappi wäre nur verärgert, vielleicht sogar böse auf Mark, auf jeden Fall wäre er noch grober mit ihr.

«Mark, lieber kleiner Mark, hilf mir doch», flüsterte sie erstickt an seinem Hals und schob ihm den Schnuller wieder zwischen die weiß gelutschten Lippen.

Mark gab ein zufriedenes Schmatzen von sich und drehte sein Köpfchen zur Seite.

«Kommst du, Zuckerpüppchen? Alleine schmeckt mir der Wein nicht.»

«Ja», rief Gaby leise an der Kinderzimmertür. «Ich muß nur eben zum Klo.»

Pappi lachte.

In der obersten Küchenschublade lag Muttis Wirtschaftsgeld. Dreihundert Mark für den Monat. Gaby stopfte es in ihre Manteltasche, riß die große Einkaufstasche vom Haken, schnell ein Brot und ein paar Äpfel hinein, dort standen die Schneestiefel.

«Kommst du jetzt endlich?»

Leise zog Gaby die Eingangstür hinter sich ins Schloß. Sie schlich die Treppen im Dunkeln hinunter, und erst auf der Straße fing sie an zu rennen, zu rennen, fort, nur fort.

Am Anlegesteg Altona kam sie langsam wieder zu Atem. Seitenstiche ließen sie nach Luft schnappen, sie hielt an und lehnte sich an einen Eisenpfeiler, schloß erschöpft die Augen.

Unter ihr gluckste das Elbwasser.

Der Anlegesteg war ihr Lieblingsplatz. Am hinteren Ende des schwimmenden Pontons trennte sie nur eine rostige Kette von dem dunklen, vertrauten Element unter ihr.

Komm, komm!

Eine elektrische Lampe schwankte an einem Holzmast im Wind hin und her.

Spring, spring!

Wahrscheinlich kann ich viel zu gut schwimmen. Und dann hätte ich das Geld ja nicht zu nehmen brauchen.

Was Mutti wohl sagen würde? Wegen des Geldes würde sie jedenfalls ganz schön wütend werden. Aber Pappi hatte bestimmt noch Geld. Er blätterte oft demonstrativ in einem Bündel Scheine.

Sie würde nicht wieder nach Hause gehen.

Ich muß weg, vielleicht sucht er mich. Außerdem war es hier am Wasser zu kalt. Sie zog Muttis Schal, den sie sich in der Eile umgeschlungen hatte, höher vor ihren Mund, atmete tief das Parfum ein, das ihre Mutter benutzte.

Fort, fort!

Sie nahm die Einkaufstasche vom Boden hoch und lief den Steg zurück.

Den Elbwanderweg, überlegte sie, Richtung Cuxhaven. Vielleicht konnte sie sich doch irgendwo auf einem Schiff verstecken. Auf einem Schiff, das zu einer Insel mit weißem Sand und hohen Palmen fuhr...

Tief vergrub Gaby die Hände in ihren Manteltaschen, die Einkaufstasche schlug im Rhythmus ihrer Schritte gegen ihre Oberschenkel.

Bald bemerkte sie es nicht mehr. Gehen, gehen, Fuß vor Fuß, Schritt auf Schritt. Ihr ganzer Körper bestand nur noch aus einem Mechanismus: Fort!

Sie begegnete niemandem. Im Sommer war der Elb-wanderweg ein beliebtes Ausflugsziel der häusermüden Hamburger. Schiffe aus allen Ländern, die Fernweh tutend elbauf- oder elbabwärts zogen, viel Grün neben dem dunklen Strömen des Flusses. An einem kalten Februarabend zog es keine Menschenseele auf den idyllischen Weg. Mutti saß im Theater und bewunderte Gründgens' Darstellung des «Faust». Fräulein Moll hatte mit ihnen während der Literaturstunde den Klassiker besprochen. Seine Seele dem Teufel verschreiben! Dann hatte man gar keine Hoffnung mehr. Nicht einmal mehr nach dem Leben. Nie mehr, dachte Gaby und schauderte.

Einen Augenblick ausruhen. Schwer atmend blieb sie stehen, legte den Kopf in den Nacken und schaute zum Himmel empor. Der kräftige Ostwind hatte die Wolken vor sich hergetrieben, und jetzt glitzerten unzählige Sterne. Sie konnte einige Sternzeichen erkennen, aber sie bedeuteten nichts. Da wurde von den Menschen ein Zusammenhang geformt, der in Wirklichkeit gar nicht vorhanden war. Meilenweit lagen die Sterne auseinander, keine Verbindung zueinander. Jeder Stern ist eine Hoffnung, hatte sie einmal gelesen. Es gab so unsagbar viele Sterne. Und dann auch Hoffnung?

Ihre Füße brannten. Ihr Mund war trocken. Längst lag der Elbwanderweg hinter ihr, aber sie lief weiter an der Elbe entlang, über krumme Pfade, holprige Straßen, bis hohe Hecken den Weg versperrten. Die vornehmen Gärten der großen Villen gingen bis hinunter ans Wasser. Ich muß einen Unterschlupf suchen, für diese Nacht. Morgen sehe ich weiter. Sie versteckte sich vor einer Frau mit Hund im Gebüsch.

«Nun komm schon, Mohrchen!» Ungeduldig zog die Frau ihren Pudel an der Leine, als er Gaby witterte und anfing zu bellen.

«Kümmere dich nicht um jede streunende Katze!»

Frau und Hund verschwanden hinter einer hell erleuchteten Tür. Gaby starrte den beiden nach. Ob die Frau Kinder hatte? In einem so schönen Haus lebten bestimmt nur glückliche Menschen. Später wollte sie auch in so einem Haus leben. Es konnte auch kleiner sein, aber liebhaben wollte sie ihre Kinder, für sie sorgen, sie beschützen. Ihr Blick fiel auf das Gartenhäuschen, das zu der Villa gehörte. Knarrend öffnete sie die Pforte zum Garten und schlich zu dem Häuschen. Es war nicht verschlossen. Sie hörte den Hund anschlagen, zwei-, dreimal, dann war es wieder ruhig.

Gaby schloß die Tür hinter sich und blieb aufatmend stehen. Sie wartete, bis sich ihre Augen an das Dunkel gewöhnt hatten: Gartengeräte, eine Holzbank, Flaschen, Kartons. Sie tastete sich vorsichtig weiter. Das viereckige, kleine Fenster ließ genug Mondlicht herein. Sie stolperte über eine Gießkanne. Hinter den Pappkartons lagen Jutesäcke. Gaby schnupperte. Kartoffelsäcke. Sie legte zwei davon als Unterlage auf die Bank und setzte sich. Aus ihrer Tasche nahm sie einen Apfel und biß hinein. Ganz langsam kaute sie ihn, so wie früher die harten Brotrinden von Oma Brinkjewski. Sie hatte Durst. Etwas aus den Flaschen zu trinken, die in der Ecke standen, traute sie sich nicht. Vielleicht war Gift darin? Manche Leute bewahrten Gift in Flaschen. Das hatte sie in der Zeitung gelesen. E 605 hatte ein Mann in einer Bierflasche bewahrt, und seine Frau hatte es getrunken. Ob das wirklich ein Versehen war?

Pappi trank auch immer Bier. Konnte sie E 605 kaufen? Wahrscheinlich nicht, wahrscheinlich mußte man erwachsen sein, um Gift zu kaufen.

Alles konnte man, wenn man erwachsen war. Nur Kinder, die konnten nichts. Die saßen gefangen hinter einem Gitter von Angst und Schmerz, hatten zu gehorchen. Jetzt war sie ausgebrochen aus dem Käfig. Nichts würde sie dazu bringen, freiwillig zurückzukehren. Nichts.

8

Gaby hockte zusammengesunken auf dem Holzstuhl, eine Lampe schien ihr ins Gesicht. Ein Beamter saß vor ihr, am Fenster stand eine Beamtin mit einem blonden Haarknoten.

Irgendwie erinnerte sie die Szene an die Befragung auf der Volksschule. Damals, mit Elli.

Nur stand Pappi diesmal hinter ihr, seine Hände drückten lotschwer auf ihre Schultern.

«Sie glauben nicht, was wir an Ängsten ausgestanden haben. Meine Frau und ich. Alles tut man für so ein Kind, aber auch wirklich alles, Herr Oberkommissar!»

«Kommissar, bitte!» Der Polizist hob abwehrend eine Hand hoch.

«Herr Kommissar. Gut. Wo war ich stehengeblieben? Ja, alles tut man für ein Kind. Man füttert es groß. War nicht einfach in den Jahren nach dem Krieg. Man kleidet es, man schickt es zur Oberschule. Aber nein, das Fräulein läuft weg. Verrückt sind wir geworden vor Sorge! Meine Frau, es hat sie beinahe umgebracht…»

Gaby drehte langsam ihren Kopf und sah Pappi an. E 605, dachte sie.

Er brach ab, schwieg.

«Wirklich, einfach so, ohne Grund?» schaltete sich jetzt die Beamtin ein. «Gaby selbst sagt ja nichts. Und wenn uns nicht die Wirtin der Pension ‹Elbruh› angerufen hätte, läge sie wahrscheinlich immer noch da in dem Dachzimmer.»

Diese Wirtin, das falsche Luder, dachte Gaby. Zu ihr war Frau Mertens ganz freundlich gewesen. Auf jeden Fall, nachdem sie für eine Woche im voraus die Miete für das kleine Dachzimmer bezahlt hatte.

«Ich warte hier auf meine Eltern. Die kommen nächste Woche Freitag mit der MS ‹Neuwied› an. Zusammen mit Vati und Mutti fahre ich dann nach Hamburg weiter.»

Beim Zollamt hatte Gaby zufällig gehört, daß das Motorschiff «Neuwied» aus Übersee erwartet wurde und dann als folgendes Ziel Brasilien hatte.

Brasilien klang gut, war weit weg. Sie wollte versuchen, irgendwie an Bord zu kommen und sich dort als blinder Passagier zu verstecken. Anderen war das doch auch gelungen!

Vielleicht hätte sie es auch geschafft, aber dann brach auf einmal ihr Ausschlag wieder aus. Nachts kratzte sie sich die Arme und Beine blutig, so schlimm, daß sie kaum laufen konnte.

Und zweimal war Frau Mertens in ihr Zimmer gekommen, hatte das Licht angeknipst, so daß Gaby aufschrie und erschrocken in die Höhe fuhr.

«Ist hier was?» fragte die Wirtin und sah sich um. «Du sprichst so laut, daß ich dachte, hier sei jemand.»

Gaby schützte ihre Augen vor dem Licht. «Nein», murmelte sie verstört. «Ich habe wohl nur schlecht geträumt.»

Am dritten Tag bekam sie Fieber. Ihre Haut glühte, und vor Schwäche konnte sie sich kaum noch auf den Beinen halten.

Trotzdem ging sie jeden Vormittag weg. Zu Frau Mertens, sagte sie, daß sie von der Post aus ihre Oma anrufen wolle, damit die sich keine Sorgen machte. In Wirklichkeit rannte sie vor dem Gefühl davon, verrückt zu werden. Hinter jedem Busch und Strauch sah sie Pappi, nachts streifte sein Bieratem ihr Gesicht; als sie gestern im Warenhaus einen Mann anrempelte, hatte sie gellend aufgeschrien.

Aber allein in ihrem Zimmer war es noch schlimmer: Da saß er grinsend im Schrank, lugte augenzwinkernd unter dem Bett hervor, winkte ihr lachend vom Fenster zu. Dann hatte Frau Mertens wahrscheinlich die Polizei benachrichtigt. Auf jeden Fall standen eines Morgens zwei Beamte und eine Frau in ihrem Zimmer. Die Frau hatte ihre Hand auf Gabys Stirn gelegt. «Das Kind ist krank», stellte sie fest und zu ihr gewandt: «Wie heißt du?»

Gaby drehte den Kopf zur Seite und schloß die Augen. Sollte man sie doch einsperren.

Sie sagte nichts.

Die Männer durchsuchten ihre Sachen und fanden ihren Personalausweis: Gaby Mangold, dreizehn Jahre, wohnhaft in Hamburg-Altona.

«Eine Ausreißerin. Wahrscheinlich schlechte Zensuren oder Liebeskummer?»

«Ist es das?» fragte jetzt die Beamtin Pappi. «Hat Gaby vielleicht einen Freund? Oder Schwierigkeiten in der Schule?»

Pappi reckte sich auf. «Unsere Gaby gehört zu den Besten in ihrer Klasse. Und einen Freund? Aber doch nicht unser Engelchen. Schauen Sie sich das Kind doch an! Nein, nein, durchgedreht ist sie, verstehen Sie, die Hormone und so. Vielleicht steckte auch schon das Fieber in ihr.»

Pappi schwieg, suchte nach weiteren Erklärungen.

«Ja.» Nachdenklich sah der Polizist vor Gaby sie an. «Wir wollten sie schon von dem Amtsarzt untersuchen lassen, aber der war gerade in einer anderen Sache unterwegs. Auf jeden Fall muß Gaby zum Hausarzt.»

«Natürlich, Herr Kommissar. Morgen gehe ich selbst mit dem Kind zum Arzt. Können Sie sich drauf verlassen.»

Der Kommissar stand auf und ging zu Gaby. Er hob ihr Kinn in die Höhe. «Begreifst du, daß du deinen Eltern viele Sorgen bereitet hast? Was hätte dir nicht alles passieren können, allein, ohne den Schutz deiner Eltern.»

Gaby schwieg.

«Ein verstocktes Kind», bemerkte die Beamtin spitz.

«Sie ist krank», verteidigte Pappi Gaby. «Wirklich, sie ist sonst ein folgsames, liebes Mädchen.»

«Versprichst du uns, nicht wieder wegzulaufen?» fragte der Kommissar eindringlich. «Das hat keinen Sinn. Früher oder später finden wir dich doch, und du mußt zurück.»

«Es gibt ja auch noch Erziehungsanstalten», fügte die Frau hinzu. «Für die Unverbesserlichen.»

Gaby sah auf ihre zerschundenen Arme und Beine. Überall bildeten sich dunkelrote, borkige Krusten, die bei der kleinsten Berührung wieder aufbrechen würden.

Nein, es hatte keinen Sinn.

Sie konnte nicht weglaufen.

«Ja», sagte Gaby, «ich verspreche, nicht wieder wegzulaufen.»

«Geh nach hinten auf den Rücksitz», sagte Pappi, und seine Stimme klang heiser.

Gaby rührte sich nicht.

«Ich sagte, steh auf, und geh nach hinten!»

Es war dieselbe Stimme, die zu Achim gesagt hatte: Dir treib ich das aus, mein Bürschchen.

Und damals, vor vielen Jahren, zu ihr, in der Küche, auf dem Sofa: Ich will aber nicht aufhören.

Ein Blitz ohne Donner.

Sie stand auf, öffnete die Autotür, klappte den Sitz nach vorne und kroch nach hinten.

Einen Augenblick blieb Pappi ruhig sitzen, zog noch einmal an seiner Zigarette, die er dann sorgfältig auf dem Gitter des Autoaschenbechers ausdrückte.

Vor der Polizeiwache hatte Pappi nur gesagt: «So, das wäre geschafft. Ich hoffe, es war dir eine Lehre. Steig ein!»

Gaby hatte die Gefahr gespürt, gerochen, wie nach den Bombenangriffen das verbrannte Fleisch zwischen den Trümmern. Aber jetzt war es zu spät.

Pappi hatte nichts mehr gesagt. An der Elbchaussee war er links abgebogen in den Rosengarten. Auf dem dunklen Seitenweg hielt er an.

Pappi stieg aus, sah sich um und öffnete noch vor dem Einsteigen nach hinten seinen Hosenbund.

Lieber Gott, heilige Mutter Gottes, hilf mir!

«Na, Zuckerpüppchen, begreifst du jetzt, daß du nicht weglaufen kannst?» Pappi strich ihr mit einer Hand über die Wange, während seine andere Hand ihren Schlüpfer nach unten zog.

Der Schlüpfer scheuerte hart über ihre Schenkel, und Gaby schrie auf. Die schwärenden Wunden auf den Beinen brachen auf, bluteten.

«Mach sie breit, die Beine!»

Pappi drückte sie hart nach hinten, so daß ihr Kopf seltsam angewinkelt zwischen Sitzbank und Seitenlehne zu liegen kam.

Als er dann mit voller Kraft in sie eindrang, schrie Gaby nicht. Sie biß auf ihre Lippen, auf ihre Zunge, kein Laut brach aus ihr hervor.

Er lag schwer atmend auf ihr und keuchte an ihrem Ohr: «Sag, daß du es schön findest, sag es, sag es…»

Mit unendlich viel Mühe schlug Gaby ihre verschwollenen Augenlider auf, sah an ihm vorbei zum Sternenhimmel.

Jeder Stern eine Hoffnung.

Sie hätte gerne geweint.

Pappi stöhnte und zog sich aus ihr zurück. Es war vorbei. Einen Moment blieb er noch mit seinem vollen Gewicht auf ihr liegen, dann brachte er seine Kleider in Ordnung. Vorsichtig drückte er Gabys Beine zusammen, die wie bei einer Gliederpuppe leblos auseinanderhingen.

«Ich habe aufgepaßt», sagte er. «Hier, ins Taschentuch. Hab keine Angst, ich bin vorsichtig.»

Er zog Gaby an den Armen hoch. «Engelchen, hörst du mich?» Gabys Zähne schlugen aufeinander, sie fühlte Schweißbäche von der Stirn in ihre weit geöffneten Augen strömen.

Pappi schüttelte sie. «Gaby, verdammt noch mal, hörst du mich? Gib Antwort!»

Gaby wollte gerne: «Ja, Pappi, natürlich, Pappi», sagen, aber ihre Zunge lag wie ein lebloser, dicker Klumpen Fleisch in ihrem Mund. Blutig gebissen.

Sie spürte durch Nebelwände hindurch, daß Pappi sie

schüttelte, sie auf einmal wie einen nassen Sack fallen ließ, so daß ihr Kopf gegen das Autofenster fiel. Der Schmerz schärfte ihr Bewußtsein, ließ Pappis Stimme wieder deutlicher werden.

«Wie du willst. Es liegt nur an dir, ob es zwischen uns schön oder weniger schön wird. Ich bekomme immer, was ich will. Ich habe lange genug gewartet.

Überlege dir gut, was du tust. Es liegt alles nur an dir.»

Pappi stieg aus, warf sein Taschentuch ins Gebüsch und setzte sich dann wieder hinters Steuer. Er zündete eine neue Zigarette an, und Gaby sah den Zigarettenanzünder einen runden roten Lichtkreis auf sein Gesicht werfen.

Während der Fahrt nach Hause sagte er nichts mehr.

Vor der Tür hielt Pappi an, stieg aus und half Gaby aus dem Wagen. Er stützte sie unter den Achseln, während sie die Treppen hochgingen.

Mutti öffnete die Wohnungstür.

«Mein Gott, wie siehst du denn aus?» Sie sah an Gaby entlang, hinunter zu den Beinen. «Deine Beine, alles voll Blut!»

«Ihr Ausschlag», sagte Pappi und führte Gaby in ihr Zimmer. Mutti kam ihnen nach. «Und wo hast du dich herumgetrieben? Hat sie das gesagt? Keine Entschuldigung, nicht? Kommt hier herein wie abgestochen, sagt kein Wort!» Jetzt schrie Mutti fast. «Hast du ihr gesagt, was für Sorgen wir uns gemacht haben? Hast du ihr das gesagt?»

Gaby war auf ihr Bett gesunken und zog mühsam die schmerzenden Beine hoch, erst das rechte, dann das linke. Dazwischen brannte ein Höllenfeuer.

Pappi schob Mutti zur Tür hinaus. «Nun laß das Kind in Ruhe. Sie ist nicht in Ordnung. Irgendein Nervenfieber. Morgen früh soll Dr. Rehbein kommen.»

«Sie ist ganz schmutzig», protestierte Mutti. «So kann sie doch nicht auf dem Bett liegen bleiben.»

Pappi legte eine Wolldecke über Gaby. «Für eine Nacht geht es schon. Morgen früh kann sie sich waschen. Bevor der Arzt kommt.»

Gaby glaubte sich auf dem Bett zu drehen wie ein Kreisel. Ein bunt bemalter Kreisel, bei dem die roten, gelben und grünen Kringel immer schneller ineinander verschmolzen. Nach dem Krieg hatte sie einen Kreisel gehabt. Achim hatte ihr gezeigt, wie man ihn richtig mit der Peitsche antrieb; dann drehte und drehte er sich, tanzte auf seinem spitzen Punkt, so daß die bunten Linien eins wurden.

Sie war der Kreisel, drehte sich, rundherum, tanzte auf einer Spitze, die roten und gelben und grünen Ringe legten sich um sie herum, enger und enger, schnürten sie ein wie einen Kokon.

Pappi knipste das Licht aus.

«Gute Nacht, Zuckerpüppchen!»

9

Es war alles nicht so schlimm. Gaby konnte nur den Kopf über ihre eigene Dummheit schütteln. So war es nun einmal, alle taten es, warum sollte sie sich nicht mit Pappi einigen. Er liebte sie, das sagte er immer wieder, liebte und begehrte sie mehr als alles andere auf der Welt. Und wenn ein Mann liebte, dann gehörte das dazu. Und war es nun so entsetzlich? Wenn sie die Augen schloß und an etwas Schönes dachte, war es schnell vorbei. An einen Strandspaziergang, da spürte man den feuchten Sand wie lebendige kleine Tiere zwischen den Zehen, der Wind strich zart die Haare aus dem Gesicht, und auf der Zunge schmeckte man einen Löffel Seeluft. Ganz fest mußte man daran denken, dann spürte man fast keinen Schmerz. Und Pappi war zufrieden. Wenn Pappi zufrieden war, machte er fröhliche Scherze mit Mutti, nahm Mark geduldig auf den Schoß, wenn der quengelte, und ging abends nicht aus, um in der Eckkneipe Bier und Korn zu trinken.

Muttis Falte zwischen den Augenbrauen glättete sich, manchmal sang sie sogar.

Zweimal die Woche, hatte Pappi mit Gaby abgesprochen. Freitag mittags, wenn Mutti einkaufen ging, und Montag abends. Mutti wollte schon seit einiger Zeit zu einem Bridge-Abend. Erst war Pappi dagegen gewesen, aber jetzt sagte er: «Natürlich, Hetty, geh ruhig! Gaby und ich passen auf Mark auf. Ein wenig Abwechslung hast du ja wirklich verdient. Findest du nicht auch, Zuckerpüppchen?» Gaby drehte eine Locke um ihren Finger zu einer Spirale und nickte. «Natürlich, Mutti, geh nur.»

Zweimal in der Woche war auszuhalten. In der Zwischenzeit ließ er sie in Ruhe. «Ich kann mich nicht auf meine Schularbeiten konzentrieren», hatte Gaby Pappi vorgeworfen. «Wenn du jeden Tag an mir herumfummelst, kann ich nicht ruhig arbeiten.»

Pappi hatte gelacht. «Natürlich, mein Engelchen, das begreife ich doch. Ist ja alles noch neu für dich. Aber ich verspreche dir, eines Tages wirst du es schön finden. Und dann wirst du deinem Pappi noch dankbar sein.»

Gaby lächelte schwach und schwieg. Sie wußte, es hatte keinen Zweck, mit Pappi darüber zu reden. Der kleinste Widerspruch machte ihn wütend, und wenn er wütend war, schmerzte es mehr, aber es änderte nichts.

Seit der Nacht im Rosengarten hatte sie es begriffen. Natürlich blieb die Hoffnung. Ihre Hoffnung war die Zeit. Irgendwann einmal würde sie erwachsen sein. Dann konnte sie gehen, wohin sie wollte, dann hatte keiner mehr Macht über sie.

Als Dr. Rehbein sie am Morgen danach untersucht hatte, war sein Gesicht bedenklich. «Ich weiß nicht, was mit dir los ist, Gaby. Für den Ausschlag kann ich dir wieder eine Salbe verschreiben, gegen das Fieber Tabletten, aber du mußt selbst auch gesund werden wollen.»

Gaby hatte an Dr. Rehbein vorbei zum Fenster gesehen. Es schneite. Als Mutti damals nach ihrem Selbstmordversuch im Krankenhaus lag, hatte es auch geschneit. Und Mutti hatte gesagt, ja, vielleicht sollten wir neu anfangen. Aber es war bei den Worten geblieben.

Gaby wollte neu anfangen. Sie wollte nicht mehr Tag für Tag in Angst leben. Jetzt wußte sie, was Pappi wollte. Es tat nicht mehr weh als mit seinen Fingern.

Gaby wollte die Angst kontrollieren können, sie in ihren eigenen Händen haben.

Mittags hatte Pappi ihr eine Hühnerbrühe gebracht. «Hat Mutti für dich gemacht. Sie ist jetzt mit Mark spazieren.» Mutti war noch böse auf sie, weil sie weggelaufen war und ihnen solche Sorgen gemacht hatte. Und natürlich wegen des Geldes, das sie mitgenommen hatte.

«Keine Angst, Engelchen, ich rede mit ihr, dann wird alles wieder gut.»

Pappi setzte sich in den Schalensessel und sah ihr zu, wie sie die heiße Brühe löffelte. Sie brannte auf der kaputten Zunge.

Langsam entspannte Pappi sich und schlug die Beine übereinander.

«Du bist doch mein vernünftiges Mädchen?»

Gaby setzte vorsichtig die Suppentasse auf den Nachttisch und wischte ihren Mund mit dem Handrücken ab. Dann rutschte sie wieder etwas tiefer unter die Bettdecke. Sie hatte am frühen Morgen lange geduscht, ihre Haare gewaschen und ein sauberes Nachthemd angezogen.

Sie sah Pappi an und machte ihren Vorschlag: «Ein- oder zweimal die Woche, dazwischen läßt du mich in Ruhe.»

Erst hatte er sie fassungslos angesehen, so, als wenn sie eine Tür öffnete, die er immer bereit war aufzubrechen.

«Meinst du das im Ernst, Engelchen?» hatte er ausgerufen und war aufgesprungen. Er kniete vor ihrem Bett und küßte überschwenglich ihre Hände, seine eine Hand glitt unter ihre Bettdecke, um sie zu streicheln.

«Nein», sagte Gaby, «bitte nicht. Mit tut alles weh, ich blute. Aber ab nächste Woche. Dann kannst du einen Tag bestimmen.»

Pappi zog langsam seine Hand zurück, seine wasserblauen Augen gierten: «Zwei Tage!»

Gaby nickte. «Zweimal, gut, aber dazwischen nichts, wirklich nichts.»

Erst befürchtete sie, daß Pappi sich nicht an seine Absprache halten würde, aber er tat sein Bestes. Wenn er gewohnheitsmäßig im Vorbeigehen ihre Brust tätschelte und sie zurückwich, sagte er: «Natürlich, pardon, noch zwei Tage bis Ultimo.»

Und Ultimo war auszuhalten. Sie legte sich hin, schloß die Augen und öffnete die Beine. Sie dachte an fächelnden Wind und schmeckte Seeluft, hörte Möwen kreischen. Pappi war immer sehr aufgeregt, und es kam vor, daß er schon fertig war, bevor er angefangen hatte. Dann lachte er verlegen: «Du regst mich so unwahrscheinlich auf, Zuckerpüppchen, das ist mir noch bei keiner passiert!»

Gaby stand dann sofort auf, zog ihren Schlüpfer wieder an und sagte: «Aber es gilt trotzdem.»

Pappi strich sein Oberhemd glatt, schloß seinen Hosenstall und bestätigte: «Natürlich, ein Mann – ein Wort. Bis Montag abend.»

Natürlich hatte sie nicht immer so viel Glück, aber es dauerte nie länger als eine Viertelstunde. Eine Viertelstunde konnte lang sein. Trotz Seeluft. Ganz tief mit dem Bauch atmen half auch, dabei an Schäfchen denken, kleine, weiße Schäfchen, die blökend über eine Wiese sprangen; goldene Glöckchen bimmelten um ihre Hälse und seidige Felle schimmerten in der Sonne. Ganz intensiv mußte man daran denken, an das Blöken, das Bimmeln und das

Schimmern. Dann war Gaby bei ihnen auf der Wiese; nichts konnte ihr wirklich passieren.

Später dachte Gaby oft, daß diese Zeit die beste war, die Zeit, in der sie sich mit Pappi arrangiert hatte und sozusagen Waffenstillstand herrschte. Beide wußten, daß man vorsichtig sein mußte, damit die Ruhe nicht zerstört wurde.
Es war wie nach dem Krieg. Alle waren froh, daß keine Bomben mehr fielen, der tägliche Kampf ums Leben war vorbei.
«Es ist Frieden», wiederholte Gaby damals die Worte der Erwachsenen. Achim hatte sie verbessert: «Es ist nur Waffenstillstand. Wenn einer etwas tut, das gegen die Abmachungen ist, geht es wieder los. Dann wird wieder gekämpft.»
Die ersten Monate hatte Gaby damals Angst gehabt, einer könnte sich nicht an die Absprachen halten. Aber mit der Zeit schlief die Angst ein.
So war es jetzt mit Pappis Abkommen. Es war eine verhältnismäßig ruhige Zeit. Vor dem, was sie nun kannte, hatte sie nicht mehr solche Angst. Es war eklig und widerwärtig, aber es war zu ertragen, es war faßbar.
Ihre Angst schlummerte zugedeckt mit Geschenken, guter Stimmung und Muttis Wohlwollen.
Es ist meine eigene Schuld, dachte Gaby später, ich habe die Abmachungen nicht eingehalten.
Anne fragte in der Pause: «Hast du Lust, in unseren Tischtennisverein zu kommen? Wir brauchen noch jemand für die Damen-Junioren-Mannschaft.»
Gaby fühlte, daß sie rot wurde. Endlich fragte man sie.

Jeden Montag sprach die Gruppe vom TC-Altona von nichts anderem als von Auswärtsspielen, Verlängerungen, Schmetterbällen. Jetzt durfte sie mitmachen. Tischtennis spielen konnte sie. Die Grundbegriffe hatte ihr Achim im Hof auf einer verbogenen Tischtennisplatte beigebracht, und in der Turnstunde gewann sie sogar gegen Mitglieder des TC-Altona.

«Ich habe mich für dich eingesetzt», sagte Anne. «Wir stimmen nämlich immer ab, wenn eine Neue aufgenommen werden soll.»

«Danke», sagte Gaby.

Mit Anne zusammen ging sie zum ersten Trainingsabend. In der Umkleidekabine zogen sie sich die Sportsachen an. Ein undefinierbarer Geruch von Staub und Schweiß flimmerte in der langgestreckten Turnhalle. Die beiden Mädchen blieben stehen und sahen sich um.

Ein junger Mann kam auf sie zu: «Hallo, Anne, das ist wahrscheinlich Gaby?» Er gab ihr die Hand. «Ich heiße Horst Baum. Du bist die Gaby Mangold?»

Sie nickte. Es hatte ihr einen Moment die Sprache verschlagen. Der sah ja toll aus, groß, blonde Locken und treuherzige, braune Dackelaugen.

«Ich bin euer Trainer», fuhr Horst fort. «Wollen wir gleich einmal sehen, was du kannst? Anne hat dich in den höchsten Tönen gelobt. Dahinten wird gerade eine Platte frei.»

Gaby folgte ihm ein wenig benommen. Gespannt ging sie vor der Tischtennisplatte in Stellung, den Schläger in der Hand.

«Hier, der erste Ball», rief Horst ihr zu.

Mit jedem Treffer schlug sie ihre Unsicherheit ein wenig mehr weg, und bald spielte sie ganz ruhig und konzentriert. Horst war sehr fair, er servierte ihr die Bälle so, daß sie gut parieren konnte. Als sie auch einen überraschenden Schmetterball gerade noch über das Netz hob, klatschten einige Zuschauer. Danach spielte Horst etwas härter, aber Gaby sprang und hechtete nach den Bällen, als dürfte ihr kein einziger verlorengehen. Nach einer halben Stunde fing Horst den weißen Ball mit der Hand auf. «Genug», sagte er lachend, «komm, ich lade dich zu einer Cola ein. Dann besprechen wir deine Schwächen, die wir noch ausbügeln müssen.»

Freundschaftlich legte er seinen Arm um Gabys Schultern. Es war, als ginge von seiner Hand ein elektrischer Stoß aus, der ein angenehmes Kribbeln bis zu ihrem Zeh sandte. «Du bekommst ja eine Gänsehaut! Hier, nimm meine Jacke!» Horst legte ihr die Jacke seines Trainingsanzugs über. Von der Tischtennisplatte neben der Bar winkte ihr Anne mit dem Schläger zu.

«Also, du spielst ganz ordentlich», begann Horst. «Deine Vorhand ist gut, dein Tempo beachtlich. Deine Rückhand müssen wir noch trainieren, und bei den Aufschlägen vergibst du Punkte. Doch das besprechen wir noch alles in Ruhe.» Er nahm einen Schluck von seiner Cola. «Erzähl was von dir», sagte er, «du machst ja kaum den Mund auf.»

«Was soll ich erzählen?» Unsicher nippte Gaby an ihrem Getränk. «Ich wollte schon lange Tischtennis spielen. Aber meine Eltern erlaubten nicht, daß ich abends noch weggehe. Jetzt bin ich bald sechzehn, und meine Mutter hat endlich ja gesagt.»

«Deine Eltern sind wahrscheinlich sehr streng?»

«Ja», sagte Gaby.

Horst blies eine seiner blonden Locken nach hinten und lachte leise. «Wahrscheinlich findest du mich gleich ganz doof, wenn ich dir sage, daß ich das gar nicht so schlecht finde.»

«Was findest du nicht so schlecht?»

«Na ja, daß deine Eltern dir nicht alles erlauben. Aber natürlich kann dir hier im Verein nichts geschehen. Ich werde ganz besonders auf dich aufpassen.»

Einen Moment trafen sich ihre Blicke, und Gaby bekam ein wehes Gefühl im Magen. Er sah sie ganz ernst an. Ihr war, als brenne hinter seinen Augen ein kleines Feuer, an dem sie sich verbrennen würde, wenn sie ihn länger ansähe. Sie wandte den Kopf ab.

Horst räusperte sich. «Vielleicht sollte ich einmal mit deinen Eltern sprechen. Ich meine, damit sie sich keine Sorgen machen.»

«Nein, nein, bitte nicht!» Gaby wußte instinktiv, daß Pappi etwas gegen Horst haben würde. Sie umfaßte ihr Glas fest. «Ich darf ja jetzt zweimal in der Woche zum Training und auch zu den Wettkampfspielen.»

Sie dachte an die Auseinandersetzung, die sie deswegen zu Hause gehabt hatte. «Laß sie doch gehen», hatte Mutti gemeint. «Sport wird ihr guttun.»

Pappi zog heftig an seiner Zigarette, sah Gaby durchdringend an und strich dabei über seinen Schnurrbart.

«Das Kind hat seine Verpflichtungen. Wie soll es seinen Verpflichtungen nachkommen, wenn es dauernd zu diesem Ping-Pong-Verein geht?»

«Was meinst du für ‹Verpflichtungen›?» Mutti zog ihre Schultern hoch. «Ich finde, in letzter Zeit benimmt sie sich doch ganz manierlich.»

Gaby sah von einem zum anderen. Sie kam sich vor wie in einer Groteske. Jeder sprach seinen Text. Sie fragte sich, ob Mutti ihren Text kannte. Was wußte sie? Pries sie wirklich nur ihr Wohlverhalten?

«Bitte, Mutti, laß mich gehen. In der Schule läuft alles gut, und auf Mark passe ich auch weiterhin auf, wenn du weg mußt.»

Pappi inhalierte den Rauch seiner Zigarette, machte einen spitzen Mund und blies kleine, blaue Ringe in die Luft, die größer und größer wurden und sich dann langsam auflösten.

Wie sie ihn verabscheute, diesen glatzköpfigen, alten Mann mit seinen aufgeworfenen Wulstlippen, dem gefärbten Schnurrbart und den nikotingelben Fingern.

«Ich werde allen meinen Verpflichtungen nachkommen.» Sie bemühte sich, ihre Stimme nicht zittern zu lassen.

«So?» Pappi blies einen besonders schönen runden Ring in ihre Richtung.

«Dann ist es ja gut», sagte er freundlich. «Gehe ruhig in den Tischtennis-Verein. Abmelden können wir dich ja immer noch!»

10

Gabys Herz klopfte bis zum Halse. Es war ihre erste Ver-
abredung. Natürlich sah sie ihn regelmäßig beim Training, aber das war doch etwas anderes. Jetzt würden sie
beide allein sein.
Von Beginn an war die Spannung zwischen ihnen gewesen. Erst glaubte Gaby, daß nur sie sie fühlen würde, und
sie versuchte, Horst aus dem Wege zu gehen. Nur mit der
Tischtennisplatte zwischen ihnen fühlte sie sich sicher. Er
sollte um alles in der Welt nichts von ihrer Verwirrung
merken. Auslachen würde er sie wahrscheinlich, das
kleine Mädchen.

Es war Anne, die ihr zwischen zwei Spielen zuflüsterte:
«Hast du schon das Neueste gehört? Lydia kommt nicht
mehr. Es heißt, es ist aus zwischen ihr und Horst. Er
interessiert sich jetzt wohl für jemand anders. Weißt du
vielleicht, wer die Glückliche ist?» Sie lächelte Gaby unschuldig an und ging wieder zu ihrer Partnerin zurück.
Mit offenem Mund sah Gaby ihr hinterher. Ob das wahr
war? Mit Lydia konnte sie sich nicht vergleichen. Lydia
war zwei Jahre älter als sie und sah rassig und erwachsen
aus. Eine tolle Figur! Niemand konnte eine Lydia ihret-
wegen wegschicken.
Als sie etwas später einem spannenden Doppel zusah,
setzte Horst sich neben sie auf den Holzbalken. Auch
seine Augen folgten dem hin- und herfliegenden Ball.
«Hast du es schon gehört?» fragte er auf einmal. Gaby
wußte sofort, was er meinte. Eine Sekunde überlegte sie,
ob sie sich unwissend stellen sollte.

Dann sagte sie: «Ja, Anne hat es mir gesagt.»

«Es ist deinetwegen.» Horst bückte sich nach dem Ball, der vor seine Füße gerollt war und warf ihn den Spielern zu.

Gaby schwieg. Sie traute sich nicht, ihn anzusehen.

«Gaby», sagte er, und ihr Name klang wie ein Streicheln aus seinem Mund.

«Treffen wir uns morgen abend?»

Morgen war Muttis Bridge-Abend; ihre Verpflichtung wartete, aber sie sagte: «Ja, gerne.»

«Im Rosengarten?»

«Nein», Gaby richtete sich abrupt auf. «Nicht im Rosengarten.» Sie überlegte einen Moment: «Vielleicht unten, am Anlegesteg Altona.»

Wie unbeabsichtigt strich er über ihren bloßen Arm.

«Bis morgen abend, um acht Uhr.»

Sie war zu früh. Gleich nachdem Mutti zum Bridge ging, hatte Gaby leise die Wohnung verlassen. Auf ihr Bett legte sie einen Zettel: Lieber Pappi, ich muß noch wegen Mathe zu Anne. Sei mir bitte nicht böse. Ich hole es nach. Gaby.

Sie wußte, er würde doch wütend werden, aber im Moment war es ihr egal.

Sie stand wieder auf dem schwimmenden Ponton und hielt sich an der rostigen Kette fest. Über ihr quietschte die hin- und herschaukelnde Lampe.

Gaby dachte an den Abend vor gut eineinhalb Jahren. Damals hätte sie sich am liebsten wie eine Puppe ins Wasser gleiten lassen. Nichts mehr fühlen.

Wie dumm ich war. Dann hätte ich Horst nicht kennengelernt. Dieses wunderbare Gefühl nicht gekannt. Wenn er sie ansah, erfüllte es sie mit pulsierendem Leben, wenn er sie berührte, nahm es ihr den Atem.

Wie kalt es damals war. Heute kam ein milder Wind vom Wasser und kühlte ihre Wangen.

Da, die ersten Sterne am Himmel. Sie lächelte. Jeder Stern eine Hoffnung. Sie brauchte keine unerreichbaren Sterne, sie hatte Horst.

«Hallo», sagte er hinter ihr. Sie drehte sich um und stand ihm auf Armeslänge entfernt gegenüber.

«Ich habe dich nicht gehört», sagte sie.

In der beginnenden Dämmerung verschwammen die Konturen seines Gesichts, seine Zähne blitzten bei seinem Lächeln.

«Ich habe mich ganz leise herangepirscht. Wie ein Indianer auf dem Kriegspfad.»

«Bist du auf dem Kriegspfad?»

Er legte beide Hände um ihren Nacken und zog sie an sich.

«Irgendwie schon. Ich raube mir das schönste Mädchen von Altona und entführe es in meinen Wigwam.»

Sie lag mit dem Kopf gegen seine Brust und schloß die Augen. Wenn sie doch immer und ewig so stehenbleiben könnte. Seine Arme um sie herum, eingehüllt in seine Wärme. Sie fühlte sein Herz klopfen.

«Du duftest gut», flüsterte sie nach einer Weile und hob ihren Kopf etwas empor, um an seinem Hals zu schnuppern.

Er strich die Haare aus ihrem Gesicht und küßte sie auf die Stirn.

«Nur mein Rasierwasser», murmelte er. «Magst du es?»

«Mmh», statt einer Antwort vergrub sie ihre Nase in seinen Pullover. Langsam löste er sich von ihr und schob sie etwas von sich. Fragend sah Gaby hoch.

«Laß uns etwas laufen, ja?» Eng umschlungen gingen sie den Steg zurück.

«Bist du öfter hier?»

Sie nickte. «Es ist mein Lieblingsplatz. Manchmal sitze ich dahinten stundenlang und schaue auf das Wasser.»

«Allein?»

«Wie meinst du ‹allein›? Ja, natürlich allein. Wen sollte ich denn hierher mitnehmen?»

«Nun», er verstärkte den Druck seiner Hand etwas. «Einen anderen Jungen vielleicht?»

«Ich?» Gaby blieb stehen und sah zu ihm auf. «Ich habe mich noch nie mit einem Jungen getroffen!»

Wie konnte er so etwas denken.

«Sei doch nicht gleich so entrüstet.» Begütigend zog er Gaby wieder an sich. «Es wäre doch normal. Andere Mädchen haben doch auch ihre Freunde und ... »

«Ich nicht», fiel Gaby ihm ins Wort.

«Komm», er legte den Arm wieder um ihre Schultern und zog sie weiter. «Ich weiß ja. Du hast etwas Besonderes, eine Dornenhecke um dich herum.»

Gaby lachte unsicher auf. «Dann paß man auf, daß dich die Dornen nicht pieksen.»

«Nein, im Ernst; ich bin schließlich kein kleiner Junge mehr», bestand Horst auf seinem Vergleich und fuhr dann fort: «Du weißt, daß ich zweiundzwanzig bin?»

«Ja, ich weiß», sagte Gaby, und außerdem hatte sie von Anne gehört, daß Horst einen Namen als Don Juan hatte.

«Paß auf», hatte Anne sie gewarnt, «der läßt nichts anbrennen. Für den bist du nur ein kleiner Appetithappen zwischendurch. Im allgemeinen steht unser Trainer mehr auf erfahreneren Typen.»

Gaby hatte damals nachdenklich auf ihre Hände gesehen. Feenhände, hatte Horst gesagt, weißt du, daß du Feenhände hast? Das klang nicht nach Appetithappen, vielmehr nach Märchenland und Wunderwelt. Vielleicht träumte Horst von zarten Feen und Elfen, so wie sie von Schäfchen und saftigen Wiesen. Was hieß das schon, ein «Don Juan»? Doch nur, daß er mit irgendwelchen Mädchen das tat, was alle Männer tun. Das war doch etwas ganz anderes als das, was zwischen ihnen war. Dieses ganz und gar einzigartige Gefühl, bei dem eine Berührung mit den Fingerspitzen einen schon in den Himmel hob.

«Ich werde dreiundzwanzig, und ich habe noch kein Mädchen wie dich gesehen. Du flirtest und alberst nicht wie die anderen Mädchen», überlegte Horst laut, «doch deine Augen sind dunkel und wissend wie die einer Frau.»

Gaby fühlte, wie ihr vor Entsetzen das Blut in den Kopf stieg. Er durchschaut mich, pochte es in ihren Schläfen, er weiß alles. Sie senkte den Kopf, lief weiter, nicht imstande, etwas zu sagen.

«Wahrscheinlich weißt du nicht, was ich meine. Ich glaube, du bist die geborene Frau», versuchte Horst in ihr Schweigen hinein seine Worte zu erklären. «Die reine Eva. Du weißt es nur noch nicht. Deine Augen sind wie dunkle Bergseen, in denen sich die Unendlichkeit spiegelt.»

Gaby holte tief Luft und schluckte den angesammelten Speichel hinunter. «Du sprichst wie ein Dichter», sagte sie leise und dachte: Er darf nie etwas von der Sache mit Pappi erfahren. Sie würde sich eher die Zunge herausreißen lassen, als darüber zu reden. Und Pappi? Der würde sich hüten, aus der Schule zu plaudern. Sie hatte vor kurzem einen Zeitungsartikel gelesen. Ein Mann war verurteilt worden, weil er Unzucht mit Minderjährigen begangen hatte. Sie wußte, daß Pappi auch bestraft werden konnte, wenn sie ihn anzeigen würde. Aber was half das jetzt noch? Mutti würde sich voll Abscheu von ihr wenden, ihr vielleicht sogar die Schuld geben. Und auf sie würden alle mit dem Finger weisen.

«Deine offensichtliche Unschuld, Gabylein, die liebe ich.»

Horst blieb stehen, hob ihr Gesicht hoch und küßte sie auf den Mund. Ganz zart, wie Blütenblätter, berührten sie seine Lippen.

11

Der Faustschlag traf sie mitten ins Gesicht, unerwartet und mit voller Kraft. Sie spürte einen explodierenden Schmerz und taumelte gegen die Wand des Treppenhauses. Die grün getünchten Wände kamen schräg auf sie zu, verfärbten sich schwarz.

Hart packte er sie am Arm und zerrte sie in die Wohnung.

Er schlug zu, wo er sie treffen konnte. Mit dem Handrükken gegen ihr Ohr, als sie ihr Gesicht schützen wollte. Sein silberner Siegelring zerschnitt wie ein Skalpell ihre Haut. Er schlug auf ihren Hinterkopf, als sie wimmernd die Arme um ihren Kopf legte und versuchte, sich zu dukken. Dann trat er sie in den Bauch und in den Unterleib. Von ganz weit weg hörte sie ihn keuchen: «Dir werde ich es geben, du Flittchen. Deinen Vater belügen. Mit wem hast du es getrieben? Du Nutte! Du Miststück! Von wem hast du dich ficken lassen?»

Die Schläge prasselten auf sie herab, ließen die Wirklichkeit immer mehr entschwinden. Nur noch Schmerzen existierten. Irgendwann fühlte sie, daß er in sie drang, seine Schweißtropfen brannten auf ihrem zerschlagenen Gesicht: «War es schön?» stöhnte er an ihrem Ohr. «War es schön mit ihm?»

Als sie wieder zu sich kam, lag ein nasses Handtuch auf ihrer Stirn. Mühsam versuchte sie, ihre verquollenen Augen zu öffnen. Nur mit dem rechten konnte sie etwas erkennen. Pappi stand hoch über ihr. Ein Turm in die Unendlichkeit. Wie groß er ist, ein Gott. Er reicht bis in den Himmel.

«Steh auf», sagte er und streckte ihr seine Hand hin. Sie zuckte zurück und schützte ihr Gesicht.

«Steh endlich auf.» Er zog sie am Arm empor. Ihre Beine knickten unter ihr weg. Er stützte sie und schob sie ins Badezimmer. «Wasch dich, und geh gleich ins Bett. Mutti kommt bald.»

Gaby taumelte vorwärts und setzte sich Halt suchend auf die Toilette. Pappi zog sie an den Haaren, damit sie ihn ansah.

«Nicht wahr, Zuckerpüppchen, du bist gefallen.» Seine Stimme klang sanft und eindringlich. «Du bist gefallen, vergiß das nicht. Sonst sorge ich dafür, daß du dieses Haus nur noch verläßt, wenn du zur Schule mußt.» Er ließ ihre Haare los, und ihr Kopf sackte nach vorne. Leise zog Pappi die Tür hinter sich zu. Minutenlang blieb Gaby auf der Toilette sitzen. Sie versuchte, einen klaren Gedanken zu fassen. Er hat mit Anne telefoniert. Ich hätte sie einweihen sollen. Es ist meine Schuld. Mühsam zog sie sich an dem Waschbecken hoch und sah in den Spiegel.

«Du bist gefallen», wiederholte sie Pappis Worte. So sieht ein gefallenes Mädchen aus. Sie betrachtete die Fremde. Das linke Auge war hinter zwei Fleischwülsten verschwunden, die Oberlippe aufgeplatzt und aufgeschwollen bis zu ihrer Nase. Vorsichtig tupfte sie das Blut ab. Aus dem Schnitt bei ihrem Ohr tropfte es noch immer ihren Hals hinunter. Sie versuchte sich auszuziehen. Ein hungriges Ungeheuer saß in ihrem Bauch und wühlte dort in ihren Därmen. Sie wusch und wusch sich, der Waschlappen blieb rot. Irgendwann gab sie es auf und legte eine Monatsbinde um. Sie sammelte ihre zerrissenen Kleider ein und tastete sich erst an der Wand des Badezimmers, dann im Gang entlang in ihr Zimmer zu ihrem Bett. Ganz langsam ging sie in die Knie und rollte sich vorsichtig auf ihre Decke. Mit brennendem Auge sah sie ins Dunkel. Wie lange war es her, daß Horst zu ihr gesagt hatte: Ich raube mir das schönste Mädchen von Altona? Eine Stunde? Zwei Stunden? Ob sie entstellt bleiben würde? Eine gespaltene Lippe und ein Triefauge? Sie legte beide Hände auf ihren schmerzenden Leib. Morgen früh mußte sie gleich zu Dr. Rehbein. Er konnte ihr sagen, ob alles verheilen würde.

Dann hörte sie Mutti nach Hause kommen. «Entschuldige, Anton, es ist später geworden. Wir haben noch ein Gläschen Likör getrunken und etwas geklönt.»

Pappi lachte. «Das macht doch nichts, Hetty.»

«Mit Mark alles in Ordnung?»

«Ja», sagte Pappi, «nur Gaby ist auf der Treppe gefallen. Nichts Schlimmes, denke ich.»

«Ich habe übrigens beim Bridge gewonnen», sagte Mutti und zog die Schlafzimmertür zu.

«Willst du mir sagen, daß alle deine Verletzungen von einem Treppensturz kommen?»

Seit einer halben Stunde untersuchte Dr. Rehbein sie. Er nähte den Schnitt beim Ohr, reinigte ihr verklebtes Auge, bepinselte ihre Lippen.

«Ja», wiederholte Gaby tonlos. Sie schloß ihr eines Auge und zuckte dann heftig zusammen, als der Arzt ihre Rippen betastete. «Wie ich vermutete: bestimmt zwei Rippen angebrochen. Hast du Schmerzen beim Atmen?»

Gaby nickte.

«Hast du Blut gespuckt?»

Sie schüttelte den Kopf. «Nur zuerst, nach – nach dem Sturz.»

Vorsichtig drückte Dr. Rehbein auf ihren Bauch. Sie biß die Zähne zusammen.

«Es tut weh, nicht wahr?»

«Ein wenig», log Gaby.

Aufseufzend zog Dr. Rehbein seinen Hocker heran und setzte sich neben ihre Liege.

«Sieh mich an», bat er. Gaby drehte ihm ihr Gesicht zu. Jede Bewegung schmerzte.

«Bist du wirklich gefallen, Gaby? Hat dich nicht jemand überfallen? Willst du es nicht sagen aus Angst vor deinen Eltern?»

«Ich bin gefallen», wiederholte Gaby.

«Waren deine Eltern zu Hause? Warum haben sie mich nicht sofort gerufen? Mit solchen Verletzungen geht man doch nicht ins Bett.»

«Meine Mutter war weg, und Pappi schlief schon. Ich wollte ihn nicht aufregen und bin gleich in mein Zimmer gegangen.»

Ungläubig sah Dr. Rehbein sie an. «Du mußt doch starke Schmerzen gehabt haben?»

«Wird mein Gesicht wieder normal?» fragte Gaby.

«Ich meine, bleibe ich so entstellt?» Das war das einzige, das sie im Moment interessierte. Heute morgen war Gaby erschrocken vor der zerschlagenen Fratze im Spiegel zurückgewichen. Über Nacht schien es noch schlimmer geworden zu sein.

Dr. Rehbein nahm ihre Hand zwischen seine und streichelte sie behutsam. «Darüber brauchst du dir wirklich keine Sorgen zu machen. Dein Nasenbein ist nicht gebrochen, das Augenlid und die Lippe sind nur aufgeplatzt. Die kleine Narbe am Ohr wird kaum sichtbar sein. Nein, Mädchen, in zwei Wochen bist du wieder vorzeigbar.»

«Zwei Wochen», wiederholte Gaby.

«Na ja, in einer Woche kannst du vielleicht wieder in die Schule. Zumindest, wenn dir nicht übel ist. Sonst rechne ich noch mit einer Gehirnerschütterung. Warst du nach dem Sturz bewußtlos?»

Gaby sah sich wieder in der Flurecke liegen. Sein Schweiß brannte Löcher in ihre Haut. Sie schauderte zusammen. Nicht daran denken.

«Einen Moment vielleicht», gab sie zu.

«Ich werde deine Lehrerin anrufen, daß du einen Unfall hattest. »

Gaby kam etwas in die Höhe. «Sagen Sie ihr bitte auch, ich will keinen Besuch zu Hause.» Sie sank auf die Liege zurück. «So, wie ich aussehe.»

«Und dann werde ich deinen Vater anrufen, damit er dich mit dem Auto abholt. Du kannst unmöglich zu Fuß nach Hause laufen.»

Entsetzt fuhr Gaby hoch und schrie leise auf. Ihre Seite! Ein glühendes Messer schien ihre Brust zu durchbohren. «Tun Sie das nicht, Doktor! Er wird sehr böse auf mich sein. Ich bin zu spät nach Hause gekommen. Im Treppenhaus war es dunkel, sonst wäre das doch nicht passiert. Ich habe gesagt, es ist nicht so schlimm! Bitte, ich nehme mir ein Taxi hier an der Ecke. Geld habe ich auch!» Erschöpft sackte sie zurück.

Wortlos hatte Dr. Rehbein ihren Wortschwall angehört. Er überlegte. «Gut», sagte er dann. «Du bist schließlich kein kleines Kind mehr. Und du hast die Schmerzen. Ich erwarte dich in einer Woche zum Fädenziehen. Übrigens, wenn du dein Gesicht kühlst, gehen die Schwellungen schneller zurück.»

«Danke», sagte Gaby.

Horst, er mußte eine Nachricht haben. In der Uni konnte sie ihn nicht erreichen. Mit zitternden Fingern riß Gaby im Treppenhaus des Arztes eine Seite aus ihrem Notizbuch. Sie setzte sich auf eine Stufe. ‹Lieber Horst› – sie malte die Buchstaben ganz langsam und sorgfältig, damit er keine Schlüsse aus ihrer zittrigen Schrift ziehen konnte. ‹Ich bin gestern gefallen. Der Arzt sagt, ich muß im Bett bleiben. Ich darf keinen Besuch bekommen. Wenn es mir besser geht, komme ich wieder in den Club. Rufe mich bitte nicht an.›

Sie zögerte bei der Unterschrift. Sollte sie schreiben: «in Liebe» oder «es küßt dich» oder «auf ewig»? Und wenn seine Mutter den Brief lesen würde? Oder ein Freund? Vielleicht machten sie darüber einen Scherz. Horst brächte es in Verlegenheit. Sie schrieb dann nur: ‹Deine Gaby›.

«Einen Briefumschlag», bat sie in dem Schreibwarengeschäft gegenüber. Die Verkäuferin schrie leise auf.

«Mein Gott, wie siehst du denn aus? Hast du dich geprügelt?» Gabys Blut klopfte. Sie bemühte sich, flach zu atmen, damit die Stiche in der Seite weniger schmerzhaft waren.

«Was kostet der Umschlag?» fragte sie und sah nicht auf.

«Fünf Pfennig», sagte die Verkäuferin und fügte gekränkt hinzu: «Man wird ja wohl noch fragen dürfen.»

Gaby schob ihr das Geldstück hin und ging mit kleinen Schritten hinaus. Sie mußte den Brief einwerfen. Am Briefkasten schrieb sie in Druckbuchstaben seine Anschrift: ‹Horst Baum, Hamburg 13, Alsterchaussee 66›. Leicht zu merken, dachte sie dankbar und klebte die

Briefmarke darauf. Geschafft. Erleichtert schloß sie einen Moment die Augen, als der Brief in den gelben Kasten fiel.

Horst durfte sie auf keinen Fall zu Hause besuchen oder sie anrufen. Er würde etwas merken. Und Pappi wußte dann, wer er war. Das mußte sie verhindern. Es wäre das Ende.

12

Als sie an der Tür klingelte, benommen vor Schmerzen und Schwäche, öffnete ihr Mutti. Gaby taumelte in ihre Arme. Wie die Verkäuferin schrie Mutti auf.

«Ich bin gefallen, gefallen, nur gefallen», stammelte Gaby mit letzter Kraft und sackte langsam in sich zusammen.

Mutti und Pappi standen mit besorgten Gesichtern an ihrem Bett, als sich ihr Bewußtsein schmerzend wieder einstellte.

«Ich habe Dr. Rehbein angerufen. Er sagt, du mußt eine Woche im Bett bleiben. Wie konnte das nur geschehen?»

Mutti strich ihr die schweißnassen Haare aus der Stirn.

«Ich bin gefallen», murmelte Gaby, «gefallen.»

«Gestern abend dachte ich, es wäre nicht so schlimm.»

Pappi räusperte sich. «Allerdings, richtig gesehen habe ich dich nicht. Ich war eingenickt. Du sagtest doch, es wäre nicht so schlimm. Das sagtest du doch?»

Gaby schloß ihr gesundes Auge. «Ja, es ist nicht so schlimm.»

«Ich bringe dir eine kühle Kompresse», schlug Pappi vor. «Das wird dir guttun.»

Mutti seufzte tief auf. «Sorgen machst du uns, Gaby, Sorgen!»

«Nun laß man, Hetty.» Pappis Stimme klang unwillig. «Das kann doch vorkommen. Sie ist schließlich nicht mit Absicht gefallen. Du hast doch gehört, in zwei Wochen ist sie wieder auf dem Damm. Und in Zukunft wird sie vorsichtiger sein, nicht wahr, Zuckerpüppchen?»

Gaby lag in ihrem Zimmer wie auf einer Insel. Die Geräusche der anderen rauschten an ihrer Tür vorbei, erreichten sie nicht.

Mark hatte zu weinen begonnen, als er sie so im Bett liegen sah. «Gaby hat schlimmes Aua?» Fragend sah er Pappi an.

«Ja, Gaby hat schlimmes Aua. Aber das geht vorbei.»

Mutti kam in ihr Zimmer, staubte hier etwas ab, rückte dort etwas zur Seite, glättete die Falten der zugezogenen Gardinen. Dabei warf sie hin und wieder einen unsicheren Blick auf Gaby, die bewegungslos im Bett lag, mit ihrem einen Auge die Decke anstarrte.

«Geht es dir gut, Gaby? Möchtest du etwas?»

«Nein, danke, es geht mir gut.»

«Ein Glas Saft vielleicht?»

Erleichtert verließ Mutti das Zimmer und schickte Pappi mit einem Glas Saft hinein.

«Du denkst daran, was ich dir gesagt habe?» Er sah auf sie herab.

«Ja», sagte Gaby, «natürlich, ich bin gefallen.»

«Und wie steht es mit unserer Abmachung?»

Gaby schluckte. Dieses Scheusal, dieses schwitzende Ekelpaket, konnte er denn nie an etwas anderes denken?

«Ich hatte dein Wort», wiederholte Pappi eindringlich.

«Ja», sagte Gaby. «Du hast mein Wort. Ich halte mich daran. Wenn ich wieder gesund bin.»

«In zehn Tagen», sagte Pappi.

«Geh», flüsterte Gaby. «Geh raus, oder ich schreie.»

Als Dr. Rehbein die Fäden zog, bat sie um Schlaftabletten.

«Ich kann nicht schlafen, meine Rippen tun weh.»

Er schrieb ihr ein Attest.

«Dein Gesicht sieht schon wieder ganz manierlich aus. Keine Angst mehr, daß du etwas zurückbehältst?»

«Nein», Gaby schüttelte den Kopf. «Morgen gehe ich wieder zur Schule.»

Sie durfte auch wieder zum Tischtennis. Kein Hausarrest. Sie hatte sich an die Abmachung gehalten…

Eine halbe Stunde vorher nahm sie eine Schlaftablette mit einem Glas Wein. Nicht um müde zu werden, aber es lullte auf angenehme Art und Weise ihre Empfindungen ein und ließ sie alles weniger deutlich wahrnehmen.

«Es tut mir leid», sagte Pappi. «Ich war eifersüchtig. Da ist doch jemand? Du hast einen Freund?»

«Niemand», beteuerte Gaby, «bestimmt nicht. Ich wollte nachdenken. Das ist alles nicht einfach für mich. Wegen Mutti.» Es war das erste Mal, daß sie Mutti während ihres Beisammenseins erwähnte.

«Mutti», sagte Pappi nachdenklich. «Sie würde es dir nie verzeihen. Wahrscheinlich kämst du in ein Heim.»

Warum will er mir Angst einjagen? Im Heim hätte ich Ruhe. Das Heim schreckt mich nicht. Vielleicht würde Mutti mich wirklich in ein Heim stecken, schlimmer wäre ihr Haß, endgültig, jetzt nur manchmal spürbar. Die Wahrheit brächte den Tod, setzte das Messer an ihren Puls, legte die Schlinge um ihren Hals.

Ich muß es ertragen, dachte Gaby und spürte dankbar die Wirkung des Schlafmittels. Ihre Lider wurden schwerer, ihre Glieder schlaffer. Es gab keine springenden Schäfchen mehr, keinen fächelnden Wind von der See. Sie ließ es geschehen. Jeder Seufzer wurde erstickt durch Angst, jeder Gedanke erschlagen durch drohende Gewalt.

Hinterher schüttelte Pappi sie an der Schulter. «Was ist mit dir? Schläfst du etwa?»

«Nein, nein, natürlich nicht.» Schwerfällig stand sie auf. «Ich gehe gleich ins Bett.»

Sie lag die ganze Nacht wach. Wenn er einen Unfall haben könnte. Ein Lastwagen, der ihn überrollte, so platt wie eine Wanze. Oder ein Fahrstuhl, mit dem er abstürzen oder gleich zur Hölle fahren konnte. Gab es eine Hölle? Würde er dort für alles bestraft, was er getan hatte? Und sie? Sie war auch schlecht. Er hatte sie zu sich in den Schmutz gezogen.

Gift könnte sie ihm geben, dann müßte er in langsamen Krämpfen krepieren. Sie würde über ihm stehen und auf ihn herabsehen.

Und Horst? Ich liebe deine Unschuld. Also liebte er nichts. Sie war nie unschuldig gewesen. Gab es das? Man konnte nichts verlieren, das man nie besessen hatte.

Horst, lieber Horst, liebe mich, ich bin alles, was du willst, unschuldig, rein, etwas Besonderes, nur liebe mich.

«Laß mal sehen.» Zärtlich hob Horst ihr Gesicht der Sonne entgegen. «Nein, man sieht nichts mehr von deinem Sturz. War es wirklich so schlimm?»
«Ach, es ging», sagte Gaby und schmiegte sich an ihn. Sie spürte noch immer ihre Rippen, und ihr Bauch war überall empfindlich. Aber das sah man nicht. Es zählte nur, was man sah.
«Ich habe mir Sorgen gemacht, wirklich.»
Sie kuschelte sich beim Gehen in seinen Arm. «Lieb von dir.»
«Warum darf ich dich nicht besuchen? Ich könnte deine Eltern überzeugen, daß ich nichts Böses im Sinn habe.»
«Nein», sagte Gaby, «bitte nicht. Sie wollen nicht, daß ich mich mit jemandem treffe. Ich dürfte nicht mehr weg.»
«Ich begreife das nicht, Gaby. Du wirst sechzehn. Da darf man doch einmal mit einem Jungen ausgehen. Und wenn sie mich kennen würden...»
«Bitte», unterbrach sie ihn, «das hat doch nichts mit dir zu tun. Sie wollen es einfach nicht.»
Horst schwieg verletzt.
«Bist du mir jetzt böse? Ich kann doch nichts dafür.»
Und nur, um ihn versöhnlich zu stimmen, fügte sie hinzu: «Vielleicht, wenn ich sie ganz langsam darauf vorbereite, in einigen Wochen...»
Mit der Blindheit des Verliebten sah Horst gleich den Ausweg. «Natürlich, du mußt sie erst an die Idee gewöhnen. Sie sehen in dir immer noch die kleine Gaby. Du mußt ihnen zeigen, daß du erwachsen wirst.»

«Ich will es versuchen», sagte Gaby.

Er küßte sie. «Ich habe übrigens eine Überraschung für dich. Meine Mutter möchte dich kennenlernen.»

Wie damals, bei ihrem Ausreißversuch, glaubte Gaby, langsam wieder verrückt zu werden. Sie fühlte sich verfolgt. Wenn sie aus der Schule kam, meinte sie, im Toreingang gegenüber Pappis Schatten im Dunkeln verschwinden zu sehen. Der Mann an der Laterne unter Annes Fenster, den Hut tief ins Gesicht gedrückt, trug seinen Mantel. Am Fenster der Turnhalle tauchte sein Gesicht auf, eine spähende Grimasse.

Sie schrie auf und wies zum Fenster. Zwei Jungen liefen auf den Hof, sahen nur noch einen Schemen, der gleich darauf von der Dunkelheit verschluckt wurde.

«Irgendein Trunkenbold», tröstete Horst sie. «Seit wann bist du so schreckhaft?»

«Er sah scheußlich aus.»

«Ich bringe dich nach Hause. Damit du wieder ganz ruhig wirst.»

Auf dem Nachhauseweg glaubte Gaby ein paarmal Schritte hinter sich zu hören, aber wenn sie sich umdrehte, war da nichts. Sogar Horst lachte unsicher. «Du steckst mich an, jetzt höre ich auch schon Gespenster hinter uns herschleichen.»

Lauschend standen sie beide auf der Straße – Stille! Schnell wand Gaby sich vor der Tür aus seinem Arm.

«Bitte nicht, wenn uns jemand sieht!»

«Denk an Sonntag. Um vier Uhr erwarten wir dich!»

Gaby fühlte, daß etwas in der Luft lag. Es war nur dieses Ahnen, wieder das Riechen der Gefahr, totes Fleisch. Unfähig wegzulaufen, lähmte es sie wie das Kaninchen vor der Schlange. Bereit, den tödlichen Biß zu empfangen.

Mutti und Pappi waren freundlich, spielten neuerdings glückliches Ehepaar. «Du willst wirklich nicht mit uns und Mark zu Hagenbeck?»

«Ich muß noch Schularbeiten machen, und dann möchte ich gerne ins Kino. In die Nachmittagsvorstellung.»

«Was gibt es denn?» fragte Pappi.

«Mit siebzehn beginnt das Leben.»

«Spielt da nicht die Marina Vlady eine Rolle?» fragte Mutti.

«Ja», sagte Gaby. Sie hatte den Film schon letzte Woche gesehen. Ein schöner Kitsch.

«So, so, mit siebzehn beginnt das Leben. Dann hast du ja noch ein Jahr Zeit.» Pappi sah sie seltsam an.

Was meinte er? Eine Warnung? Was wußte er?

«Darf ich gehen?»

«Natürlich», großzügig wollte Pappi sein Portemonnaie zücken. «Geh du ins Kino. Wir gehen mit Mark in den Zoo.»

«Geld habe ich», sagte Gaby und ging in ihr Zimmer.

Mit der S-Bahn fuhr sie bis zum Bahnhof Dammtor. Zur Alsterchaussee konnte sie dann zu Fuß gehen. Wie sie den Blick auf die Alster liebte! Blau und glatt lag das Wasser da. Einige Segelboote setzten weiße Tupfer vor die ausladend grünen Bäume und Sträucher. Zu wenig Wind, stellte Gaby beim Anblick der schlaffen Segel fest.

Die Nummer 66 war in Messing gehämmert und neben der Tür befestigt. Sie drückte auf die Klingel. Nichts rührte sich. Schon streckte sie die Hand erneut zur Klingel, als die Tür wie von Geisterhand aufging.

Sie hatte keine Schritte gehört.

Frau Baum stand kerzengerade in der großzügigen Eingangshalle, als Gaby unsicher eintrat.

«Machst du bitte die Tür hinter dir zu? Ich kann sie zwar mit dem elektrischen Summer öffnen, aber schließen muß man sie leider selbst.»

«Ja, natürlich!» Verwirrt gab Gaby der Tür einen Schubs, so daß sie ins Schloß fiel. Etwas zu laut. Frau Baum zuckte zusammen, sagte aber nichts.

Sie standen sich gegenüber und sahen sich an. Wie schön sie ist. Klar und blau wie das Wasser vor ihrer Tür. Und kühl. Das dunkelblonde Haar war kinnlang und tadellos frisiert. Sie reichte Gaby eine schmale Hand.

«Ich hatte gedacht, du wärst jünger.»

«Ich werde sechzehn.»

«Oh, ja.»

Horst kam die Treppe heruntergesprungen, brachte frische Luft und Lachen mit. «Ihr habt euch schon bekannt gemacht?» Er küßte Gaby zärtlich auf die Wange.

«Ja», sagte Frau Baum und drehte sich um. «Kommt bitte, der Kaffeetisch ist gedeckt.»

13

Abschlußprüfung in der Schule. Eine Woche lang schrift-
lich, nur wer dann zweifelhaft stand, mußte mündlich ge-
prüft werden. Gaby versuchte, sich voll und ganz auf die
gestellten Aufgaben zu konzentrieren, Angst und Verfol-
gung vor der Tür stehen zu lassen. Mathe bereitete ihr
nach wie vor Schwierigkeiten. Horst hatte noch die wichtigsten Merksätze mit ihr durchgesprochen. «Du schaffst
es schon», munterte er sie auf.
Daran zweifelte sie nicht. Sie wollte es nicht nur schaffen,
sie wollte gute Zensuren. Fräulein Moll sollte sehen, daß
sie sich nicht in ihr getäuscht hatte.
Beim Aufsatzthema machte Gaby Zugeständnisse an ihre
Lehrerin.
«Dem Leben einen Sinn geben!»
Liebe, dachte Gaby, Liebe, wahre, echte Liebe zueinander
ist der Sinn des Lebens. Liebe, die beschützt, nichts for-
dert, nicht verletzt. Mit Liebe gäbe es keinen Krieg, keine
Unterdrückung, keine Angst. Aber sie wußte, daß diese
Auslegung vom Sinn des Lebens Fräulein Moll nicht ge-
nügen würde. So schrieb sie schöne Sätze über Leistung
und Mitarbeit an der menschlichen Gesellschaft, Pflich-
ten gegenüber der Allgemeinheit. Es wurde ein sehr guter Aufsatz.
«In dir habe ich alle meine Erwartungen erfüllt gesehen»,
sagte Fräulein Moll, als sie ihr das Zeugnis der Mittleren
Reife überreichte. «Du hast dich immer bis zum letzten
für die Schule eingesetzt, fleißig und zielstrebig gearbeitet. Schade, daß du nicht weiter studieren willst.»
«Danke!» Gaby nahm das Zeugnis entgegen.

«Die Schulzeit ist vorbei», hatte Pappi bestimmt. «Jetzt gehst du in die Lehre. Am besten ins Büro.»

Gaby protestierte nicht. Um selbständig zu werden, mußte sie Geld verdienen. Wenn sie studierte, würde das noch länger dauern. Ihre Lehre konnte sie verkürzen, wenn sie in der Berufsschule besonders gute Resultate erreichte.

«Du könntest eine Abschlußfeier geben», schlug Mutti ihr vor. «Gleichzeitig mit deinem sechzehnten Geburtstag.»

«Nein», sagte Gaby, «kein Grund zum Feiern.»

«Was ist denn das wieder für eine Bemerkung?» Mutti sah sie verärgert an. «Du bringst ein sehr gutes Zeugnis mit nach Hause, man will dir etwas Gutes tun, außerdem wirst du sechzehn.»

«Für die Zensuren habe ich gearbeitet. Ich habe sie verdient und sechzehn…»

Sie beendete ihren Satz nicht. Noch fünf Jahre bis zur Volljährigkeit, ihr graute.*

Wie kann ich die überleben? Wenn ich die Lehre verkürzt in zwei Jahren schaffe, könnte ich mit achtzehn Jahren Geld verdienen. Genug, um alleine zu wohnen. Dann feiere ich meinen Geburts-Tag, erst dann.

«Da will man dir eine Freude machen und bekommt nur patzige Antworten!» Muttis Nasenflügel bebten.

«Ja, ich bin ein böses Mädchen», bestätigte Gaby.

* Bis einschließlich 1974 wurde die Volljährigkeit erst mit dem 21. Lebensjahr erreicht.

Als sie zum Tischtennistraining kam, gab Anne ihr einen Brief. Er war von Horst.

«Komme bitte zum Anlegesteg. Ich warte dort auf dich. Horst.»

Gaby las die spärliche Mitteilung zweimal. Was war geschehen? Sie stopfte den Zettel in ihre Anoraktasche. «Ich muß noch einmal fort», erklärte sie Anne, drehte sich um und rannte aus der Halle.

Schon von weitem sah sie ihn stehen. Er hielt sich am Brückengeländer fest und sah aufs Wasser.

«Hallo?» Ihre Stimme flatterte zu ihm, unsicher, ängstlich. Was ist, warum stehst du hier, fremd, eingeschlossen in Abwehr und Trauer? Nichts von ihm strebte ihr entgegen, er sah nur kurz auf.

«Hallo!»

Sie stellte sich neben ihn, hoffte unsinnigerweise, daß es ein Scherz war, er sie nur erschrecken wollte.

Gleich würde er laut auflachen, sie in die Arme nehmen.

Er rührte sich nicht.

Als er endlich zu reden begann, versank ihre Hoffnung im Nichts.

«Meine Mutter schickt mich. Sie meint, ich müßte es dir selber sagen. Dein Vater war bei ihr. Er hat sie vor dir gewarnt. Das heißt, eigentlich natürlich mich. Mich hat er gewarnt vor dem Umgang mit dir.»

«Gewarnt?» wiederholte Gaby. Bin ich das, die fragt, wunderte sie sich gleichzeitig. Ich wußte doch, daß etwas geschehen würde. Jetzt geschah es. Das Kaninchen, der tödliche Biß, Leichengeruch.

«Ja, gewarnt vor dir. Du wärest nichts für einen anständigen jungen Mann.»

«Oh.» Sie versuchte zu begreifen.

Hart packte Horst sie am Arm. «Wolltest du deswegen nicht, daß ich mit zu euch nach Hause kam? Hattest du Angst, ich könnte etwas über dich erfahren?»

«Laß mich los», sagte Gaby.

«Entschuldige», abrupt ließ er ihren Arm fallen, als könne er sich an ihm verbrennen und trat einen Schritt zur Seite.

«Seit Jahren treibst du dich herum, sagt dein Vater. Du bist sogar schon mit irgendeinem Kerl von zu Hause ausgerissen. Die Polizei mußte dich zurückbringen.»

Gaby lachte auf.

«Warum lachst du?» Es sah aus, als wolle er sie schütteln, doch dann schlossen sich seine Hände nur noch fester um das Geländer. «Sage mir, daß das alles nicht wahr ist!»

«Würdest du mir glauben?» Gaby legte den Kopf in den Nacken und sah zu den Sternen hoch. Verdammte Sterne!

«Sage mir, daß du noch mit niemand geschlafen hast!»

Gaby schwieg, dann sagte sie: «Ich bin unschuldig.»

Bitter lachte Horst auf. «Du stehst nicht vor Gericht. Kann *ich* mich von deiner Unschuld überzeugen?»

Sie schwieg wieder. Es hatte keinen Sinn. Er würde es nicht begreifen.

«Keine Angst», höhnte er jetzt verzweifelt. «Ich will nicht. Nicht mit dir. Ich habe in dir meine Zukunft gesehen. Meine Mutter warnte mich. Du seist kein Kind mehr, behauptete sie. Deine Augen entlarven dich. Und ich dachte, du wüßtest noch nichts. Bergseen! Ich Narr!»

«Noch etwas?» fragte Gaby leise. Sie konnte nicht mehr. Er riß sie in Stücke, sie mußte weg.

«Ich liebte dich», sagte Horst.

«Du liebtest meine Unschuld», sagte Gaby. «Ich hätte sie dir gegeben.»

Als sie ging, blieb er unbeweglich stehen. Es hätte nichts verändert, wenn sie ihm die Wahrheit gesagt hätte. Sie war besudelt. Wenn er alles gewußt hätte, vielleicht noch mehr als jetzt. Er hatte seine Vorstellung von ihr geliebt. Etwas, das sie nie gewesen war.

Es ist aus. Sie wunderte sich, daß sie keinen Schmerz empfand. Sie empfand nichts mehr. Warum sollte sie auch, sie war tot. Nur ihr Körper ging noch durch die dunklen Straßen, ein Schatten aus dem Jenseits.

Pappis Plan hatte vorzüglich geklappt. Er hatte sie in Sicherheit gewiegt, sie beobachtet, belauert, bis er wußte, wer ‹der Andere› war. Dann hatte er zugeschlagen. Tödlich. Nun war sie frei. Jetzt wollte sie nicht mehr. Keine zwei Jahre mehr durchhalten und auf eine Freiheit warten, die immer von den Schatten der Vergangenheit eingeholt werden würde.

Sie ging zum Bahnhof.

Vage wunderte sie sich über die vielen hastenden Menschen, die sie anstießen, berührten und doch ein Leben weit von ihr entfernt waren.

Sie löste eine Bahnsteigkarte.

Als die Lichter des Zuges im Tunnel sichtbar wurden, sprang sie.

14

Seit drei Tagen lag sie mit einem schweren Schock im Krankenhaus. Der Zug war an ihr auf dem Nachbargleis vorbeigerast.

Sie wußte nichts mehr davon. «Totaler Zusammenbruch, Nervenfieber», konstatierte der Oberarzt, fühlte ihren Puls, richtete den schmalen Lichtstrahl einer Taschenlampe auf ihre starren Pupillen. Gaby hörte und sah es und war gleichzeitig blind und taub. Etwas in ihr weigerte sich, in die gefürchtete Realität zurückzukehren. Sie hatte die Grenze zum Niemandsland überschritten, es war der Augenblick zwischen Traum und Erwachen.

Sie hörte komplizierte lateinische Bezeichnungen für das Schweben ihrer Seele. Sie sah von oben auf ihren Körper herab und wunderte sich, daß sie soviel Aufhebens wegen dieser Hülle aus Haut, Fleisch und Sehnen gemacht hatte. Wie bedeutungslos das war. Gerne hätte sie sich weiter entfernt, wäre nie wieder in das Gefängnis von pulsierendem Blut und zuckenden Muskeln zurückgekehrt.

Doch dann kam er mit Mutti an ihr Bett. Mutti weinte, und Pappi tröstete sie. «Es wird schon wieder. Mach dir keine Sorgen. Du weißt doch, daß sie zäh ist.» Mutti schluchzte, und Pappi strich vorsichtig über Gabys schlaffe Hand. Unter seiner Berührung ballte sich ihre Hand zur Faust.

«Sieh doch, sie reagiert!» Aufgeregt wies Mutti auf die geballte Faust, die sich langsam vom Laken erhob, um dann kraftlos wieder zurückzufallen.

Sie war gefangen. Mit der Rückkehr in ihren Körper kam auch die Erinnerung wieder. Der Schmerz blieb aus.

«Ein Fehltritt», beharrte sie gegenüber den Ärzten und Psychologen. «Ich habe mich zu weit vorgebeugt und bin aufs Gleis gefallen.»

«Zeugen behaupten, du seist gesprungen?»

«Gesprungen? Um Gottes willen, warum sollte ich?»

«Liebeskummer? Schwanger? Schulprobleme?»

«Eine Schwangerschaft scheidet aus», bestätigte der Frauenarzt Gabys ‹Nein›.

«Gaby geht fast nie aus», sagte Mutti. «Ein sehr häusliches Kind. Sie hat gerade ihre Lehre begonnen, ein fleißiges Mädchen. Manchmal ein wenig patzig, aber ja, das ist das Alter.»

Pappi sagte nicht viel. Er nickte bedächtig zu Muttis Worten. «Ja, ein folgsames Kind.» Er mied Gabys wachen Blick. Er wußte, daß sie wußte, was er getan hatte. Die kleinen Schweißtropfen auf seiner Stirn glitzerten vor plötzlicher Angst. Gaby sah es mit Genugtuung, aber sie schwieg. Dies war nicht die Stunde. Nicht hier im Krankenhaus zusammen mit Mutti und den Ärzten.

Gaby wußte, die Stunde würde kommen. Er würde bezahlen. Nicht erst im Jenseits. Jetzt hatte sie Zeit.

Nach zwei Wochen wurde sie aus dem Krankenhaus entlassen.

«Du bist gefallen wie eine Katze», sagte der junge Stationsarzt bei der abschließenden Untersuchung. «Andere hätten sich aus der Höhe zumindest die Beine gebrochen. Du bist mit einigen Abschürfungen davongekommen.»

«Immerhin war ich drei Tage bewußtlos», erinnerte ihn Gaby.

«Na ja, der Schreck. Der Zug hat dich ja nur um Haares-breite verfehlt. Kein Wunder, daß du einen schweren Schock hattest.»

«Ich kann mich nicht erinnern», meinte Gaby nachdenk-lich. Tatsächlich waren die letzten bewußten Bilder auf dem Bahnhof, die vielen Menschen um sie herum, ge-sichtslos, durch die sie sich einen Weg in die Freiheit bah-nen wollte. Und davor Horst.

Mutti und Pappi holten sie aus dem Krankenhaus ab. «Wie konnte das nur geschehen?» fragte Mutti wieder. «Jedes kleine Kind weiß doch, daß man nicht zu dicht an die Bahnsteigkante gehen darf.»
Gaby nickte. «Ich war sehr unvorsichtig. Es tut mir leid.»

«Krieg», sagte Gaby Montagabend. Mutti war zum Bridge gegangen. Mark schlief rosig und zufrieden in sei-nem Bettchen.
Verwundert hatte Gaby die letzten drei Wochen auf Pap-pis Annäherung gewartet. Auf einmal bewegte er sich als Neutrum durch die Wohnung, machte keine Anspielun-gen, fragte nichts. Geduld, hieß wahrscheinlich seine neue Taktik. Jeder Tag länger heilt Wunden, glättet Nar-ben. Er irrte.

Gaby wusch das Geschirr ab, als er in die Küche kam.
«Ich helfe dir beim Abtrocknen», sagte er, «dann bist du schneller fertig.»
«Nicht nötig», meinte Gaby.
Er lehnte mit dem Rücken gegen den Küchenschrank und sah ihr einige Augenblicke wortlos zu.

«Es ist Montagabend», sagte er dann.

«Ich weiß», antwortete Gaby und spülte das Besteck ab.

«Unsere Abmachung?»

Langsam drehte Gaby sich um und sah fest in seine wäßrigblauen Augen.

«Nie wieder», sagte sie.

Er reckte sich, schob seine Unterlippe vor und seine Lider verengten sich.

«Wie meinst du das? Ich bekomme immer, was ich will, hast du das vergessen?»

«Nein», sagte Gaby und griff hinter sich.

«Nun denn, was soll das? Du machst es uns beiden nur unnötig schwer.» Er machte einen Schritt auf sie zu. Sie packte das Messer und hielt es vor sich. Es war das lange Brotmesser mit gezackter Klinge.

«Krieg!» sagte sie.

Er wich zurück, ungläubig sah er auf das Messer. «Und Mutti?» fragte er seltsamerweise.

«Willst du es ihr sagen?» fragte Gaby. «Ich nicht.»

«Sei vernünftig», bat Pappi. «Es ging doch lange gut.»

Sie sah ihn an. Es ging lange gut. Er wußte ganz genau, daß er sie von Anfang an unter Druck gesetzt hatte: mit der Angst vor der Entdeckung, mit Mutti, mit Geschenken, mit Drohungen, mit Zuwendung, mit Gewalt. Sie antwortete nicht.

«Du wirst ihn vergessen», sagte Pappi und strich sich über die Glatze. «Er war kein Mann für dich.»

«Ich habe ihn vergessen», sagte Gaby.

«Was ist es dann?»

«Ich hasse dich!» sagte Gaby.

15

Mit ihr zusammen war noch ein anderer Lehrling einge-
stellt worden: Norbert Wahl. Vom ersten Tag an spürte
sie, daß er sie mochte. Norbert war groß, dünn und picke-
lig. Seine Augen blickten wie die eines getretenen Hun-
des.

«Sei doch nicht so nervös», flüsterte Gaby ihm zu, weil er
bei der Vorstellung vor Aufregung schwitzte und unun-
terbrochen an seinen Nägeln kaute. Und mehr aus Spaß
fügte sie noch hinzu: «Ich bin ja bei dir!»

Dankbar sah Norbert sie an. «Hast du denn keine Angst
vor der neuen Arbeit? Vor den Kollegen?»

«Nein», sagte Gaby wahrheitsgemäß und fügte noch be-
ruhigend hinzu: «Zusammen werden wir das schon
schaffen.»

Und so war es auch. Wenn die Sekretärin oder der Büroleiter ihnen eine neue Arbeit erklärte, erfaßte Gaby sie
sofort. Norbert begriff vor lauter Aufregung nur die
Hälfte. «Ich konnte noch nie gut lernen» bekannte Norbert. «Meine Mutter sagt, aus mir wird nie etwas.»

«Unsinn, du bist nur zu aufgeregt. Paß mal auf.»

Und ruhig zeigte sie Norbert dann noch einmal, was
Fräulein Hermes oder Herr Drillig von ihm wollten.

Norbert hatte ihr ins Krankenhaus gelbe Rosen geschickt, und die anderen Kollegen einen Korb mit fri-
schen Früchten. Als sie wieder gesundgeschrieben war,
rief Herr Drillig sie zu sich.

«Setzen Sie sich, Fräulein Mangold.»

Gaby nahm Platz. Was wollte er?

«Geht es Ihnen wieder gut?»

«Ja, danke.»

Herr Drillig räusperte sich unbehaglich. «Mir ist da so etwas zu Ohren gekommen. Wahrscheinlich absurd, aber ich möchte doch mit Ihnen darüber reden.»

Er lehnte sich in seinem Ledersessel zurück und sah ihr direkt in die Augen: «War das ein Selbstmordversuch?»

Gaby dachte an Mutti. Damals, das viele Blut, das war ein Selbstmordversuch gewesen. Oder hatte Mutti sich vielleicht auch so losgelöst gefühlt, als sie das Messer an ihren Puls setzte? War der Schnitt wie ihr letzter Schritt gewesen? Eigenartig, sie hatte noch nicht darüber nachgedacht.

«Nein, das war kein Selbstmordversuch», sagte Gaby ganz entschieden. Und um Herrn Drillig zu überzeugen, fügte sie noch hinzu: «Ich bin sehr froh, daß Sie mich als Lehrling angenommen haben. Ich will jetzt so schnell wie möglich das Versäumte nachholen. Es war ein Unfall, nichts weiter.»

Zufrieden stand der Büroleiter auf. «Dachte ich mir doch, daß mich mein erster Eindruck nicht getäuscht hat. Sie haben einen hellen Verstand und werden es weit bringen.»

Hoffentlich weit genug weg von meiner Angst, dachte Gaby.

Sie sagte: «Vielen Dank für Ihr Vertrauen. Ich will meine Lehre so gut und so schnell wie möglich machen.»

Das waren keine leeren Worte, sondern die Wahrheit.

Allerdings hatte sie noch ein anderes Ziel. Wenn sie achtzehn war, mußte sie mit Muttis Zustimmung aus dem

Hause gehen können. Sie wollte sich vorzeitig volljährig erklären lassen. Beim Vormundschaftsgericht hatte sie sich erkundigt, unter welchen Voraussetzungen das möglich war.

Der Beamte – auf seinem Namensschild stand in Druckbuchstaben Herr Schäfer –, hatte sie mißtrauisch angesehen und erst einmal ihre Papiere durchgeblättert. «Gegen dich liegt nichts vor.»

«Nein, warum auch? Ich möchte es nur wissen, weil ich mich nach meiner Lehre als Protokollführerin bei Gericht bewerben will. Dann muß ich doch volljährig sein?»

«Ja, das stimmt. Wenn das der Grund ist.» Das in Falten gelegte Nein-Gesicht glättete sich. «Wenn du dich um so einen Arbeitsplatz bewirbst, kannst du vorzeitig volljährig erklärt werden. Natürlich unter der Voraussetzung, daß dein Vormund damit einverstanden ist.» Er sah noch einmal in ihre dünne Akte. «Deine Mutter ist dein Vormund?»

«Ja», bestätigte Gaby.

Herr Schäfer klappte die Akte zusammen. «Keine Probleme zu Hause?»

«Nein», sagte Gaby, stand auf und ging zur Tür: «Vielen Dank für die Auskunft.»

Zu Hause ging es schlecht. Seit ihrer Kriegserklärung war Pappis Stimmung nicht zum Aushalten. Die Luft war durchtränkt von Haß, Angst, Wut und Nicht-Begreifen. Sie legte sich wie ein Ring um Gabys Brust; manchmal glaubte sie, nicht mehr atmen zu können. In solchen Momenten war sie fast bereit, wieder nachzugeben. Aber dann schloß sie die Augen und ließ die Bilder der letzten zehn Jahre vor ihren Augen Revue passieren. Die Angst, den Druck, die Schläge, die Erniedrigung. Nein, nein, nie wieder, flüsterte sie und versuchte, Muttis rotgeweinte Augen zu übersehen. Sie hat meine auch nicht zur Kenntnis genommen, beruhigte sie ihr Gewissen.

Pappi meckerte mit Mark. «Noch so ein Muttersöhnchen. Nur daß er sich auch noch hinter seiner Schwester versteckt.»

Gaby richtete sich auf, strich Mark tröstend über die Haare. «Laß zumindest den Kleinen in Ruhe. Wenn du mich meinst, laß deine Wut an mir aus.»

«Halt deinen frechen Mund», erboste sich Pappi.

Mutti kam ins Zimmer. «Streitet ihr schon wieder?» Resigniert begann sie den Tisch zu decken.

«Rotzfrech ist deine Tochter», schimpfte er.

«Was war denn los?»

Unwirsch winkte Pappi ab. «Dauernd Widerworte, alles weiß sie besser.» Vorwurfsvoll blickte Mutti Gaby an. «Was hast du nur? Seit deinem Unfall bist du nicht mehr wiederzuerkennen. Man könnte meinen, in deinem Kopf sei irgend etwas aus den Fugen geraten. Wenn du etwas hast, dann sage es doch!»

Gaby setzte sich in den Sessel am Ofen, nahm Mark auf den Schoß und wiegte ihn leise hin und her. Es beruhigte sie beide.

«Hörst du nicht, deine Mutter redet mit dir!» bellte Pappi.

Gaby schmiegte ihr Gesicht gegen Marks Köpfchen. Er roch nach duftender Seife, zarter Kinderhaut und weichem Seidenhaar.

«Warum sagst du es ihr nicht?» sagte Gaby zu Pappi, ohne aufzusehen und so, als wäre Mutti nicht im Zimmer.

«Da hörst du es, dauernd Widerworte.»

Gaby stellte Mark auf den Fußboden und stand auf.

«*Du* machst mir keine Angst mehr», log sie, Haß und Kampf in den Augen. «Ich gehe jetzt zu Martie. Mein Appetit ist mir vergangen.»

Martie war Gabys Nachhilfeschülerin. Pappi hatte seine Einwilligung zu den Stunden gegeben, weil ihm kein Argument einfiel, es zu verweigern.

Beim letzten Einkauf hatte Schlachter Thormälen Gaby den Vorschlag gemacht. «Du warst doch immer eine gute Schülerin. Deine Mutter hat mir oft stolz von deinen Einsern erzählt.»

Gaby nahm das Fleisch entgegen. «Ich bin jetzt in der Lehre. Nur mittwochs heißt es wieder büffeln, dann habe ich nämlich Berufsschule.»

«Hättest du vielleicht Lust, unserer Martie Nachhilfeunterricht zu geben? Sie schafft es nicht allein. Ein zartes Kind. Und sie soll später nicht hier im Laden stehen. Das ist nichts für sie.»

Mühsam unterdrückte Gaby ein Lächeln. Frau Thormälen wischte sich gerade eine fettige Strähne ihres aschblonden Haares aus dem runden, rosigen Gesicht. Ihr weißer Kittel klaffte über ihrem üppigen Busen auseinander. Herr Thormälen, kolossal und behäbig, strich sich die Finger an der Schürze über seinem schwellenden Bauch ab.

«Was meinst du? Ich bezahle dich natürlich gut.»

Schon wollte Gaby ablehnen, als die Tür zu den Privaträumen der Thormälens aufging. Ein zartes, blasses Mädchen stand da, lange, dunkle Ringellocken umrahmten ein feines Gesicht mit großen dunklen Augen.

«Komm näher, Martie, sei doch nicht so verlegen!»

Herr Thormälen ging ächzend in die Hocke und faßte seine Tochter liebevoll bei den Schultern. «Kleines, Gaby Mangold würde dir vielleicht Nachhilfeunterricht geben. Was hältst du davon?»

Martie sah zu Gaby und grub nachdenklich ihre kleinen, weißen Zähne in ihre Unterlippe.

Was für ein außergewöhnliches Mädchen, ging es Gaby durch den Kopf. Wie kommen diese robusten Schlachtersleute zu so einem Kind? Kein Wunder, daß ihr Vater sie sich nicht als Schlachtersfrau vorstellen konnte. Gaby konnte es auch nicht.

«Nun sage doch, mein Herzblatt, gefällt dir die Gaby?»

Gaby lächelte das Kind freundlich an. Mein Herzblatt, nannte ihr Vater sie. Sie fühlte, daß Herr Thormälen meinte, was er sagte. Wenn jemand seinem Herzblatt ein Leid zufügen würde, wäre er bestimmt außer sich. Rasend.

«Sie sieht lieb aus», stellte Martie fest, so, als wäre das genug als Voraussetzung für Nachhilfestunden.

«Also gut», stimmte Gaby zu. «Montag und Freitag könnte ich abends mit dir üben. Ich bin überzeugt, daß wir beide gut miteinander auskommen. Und lernen kannst du bestimmt. Wahrscheinlich weißt du nur noch nicht genau, wie.»

Seitdem gab Gaby der kleinen Martie zweimal in der Woche Nachhilfeunterricht in fast allen Fächern. Zu Anfang ging sie selber zu den Thormälens, dann bat sie Martie, zu ihr zu kommen.

«Ich muß nebenbei noch ein Auge auf meinen kleinen Bruder Mark haben», erklärte sie Marties Vater.

«Natürlich, deine Mutter kann sich freuen, so eine große Tochter zu haben.» Herr Thormälen schnitt ein Stück Mettwurst ab und wickelte es in Pergamentpapier.

«Hier, zum Abendbrot. Sei aber bitte so gut, und bringe Martie wieder nach Hause. Ich möchte nicht, daß sie im Dunkeln noch alleine auf der Straße ist.»

«Ich passe auf sie auf», versprach Gaby.

Während ihres Nachhauseweges sah sie auf ihre Armbanduhr. Von Tür zu Tür waren es genau acht Minuten. Wenn man es eilig hatte, dauerte es bestimmt nur die Hälfte der Zeit. Gaby nahm sich vor, gut auf Martie aufzupassen. Ihr durfte nichts geschehen…

Sich selbst konnte Gaby nicht immer schützen. Das war ihr bei ihrer «Kriegserklärung» auch bewußt gewesen. Sie hatte nicht immer ein Messer zur Hand.

Stets war sie wachsam, auf dem Sprung, um zu entkommen. Sie ging bei strömendem Regen mit Mutti einkaufen, vermied jedes Alleinsein mit Pappi, nahm, wenn er getrunken hatte, nachts Mark zu sich ins Bett. Jetzt, da der Junge größer war, fürchtete Pappi ihn als sprechenden Zeugen. Und doch schaffte er es, sie zu überrumpeln. Mit immer neuen Tricks.

Er kam zur Firma und holte sie ab.

«Sieh einmal, dein Vater!» Norbert grüßte freundlich.

«Ist dieser Pickelheini dein neuer Freund?» fragte Pappi spöttisch.

«Wohin fahren wir?» Zu spät bemerkte sie, daß er in eine dunkle Sackgasse am Hafen einbog. Er machte sich nicht einmal die Mühe, sie nach hinten einsteigen zu lassen, sondern fiel keuchend vor Aufregung über sie her. «Ich breche dir deinen Arm, wenn du dich wehrst.» Er hielt einen Schraubenschlüssel hinter ihren Ellenbogen und bog ihren Arm darum. Ihren doch noch aufflammenden Widerstand brach er mit Schlägen auf nicht sichtbare Stellen, Nieren, Magen, Unterleib.

Es war schnell vorbei. Als er hinterher seine Kleider ordnete, triumphierte er: «Ich sagte dir doch, ich bekomme immer, was ich will.»

Ein andermal lauerte er ihr im Keller bei den Ascheimern auf. Während über ihr im Treppenhaus Kinder spielten, drückte er sie brutal in eine Ecke. «Du willst doch keinen Skandal, nicht vor den Kindern?»

Nein, sie wollte keinen Skandal. Ihr Name sollte nicht genannt werden. Sie ergab sich.

Er nutzte jede nur denkbare Möglichkeit, riskierte immer öfter eine Entdeckung, während Mutti in der Badewanne lag, während Mark nebenan spielte.

Er war besessen von der Idee, ihren Körper zu besitzen.

Aber im Laufe der Monate wurde sie immer gewitzter, sie entkam ihm immer öfter.

Und sein Hunger auf junges Fleisch wurde immer größer...

16

Gaby sah, daß Norbert sein Glück nicht fassen konnte: Sie ging mit ihm.

In einem Anfall von unwahrscheinlichem Mut hatte er ihr damals die Rosen ins Krankenhaus geschickt, in gelb, damit sie ihn nicht auslachen würde. Gaby lachte ihn nicht aus. Zum erstenmal fühlte sie sich dem anderen Geschlecht gegenüber als die Stärkere.

Norbert bewunderte ihr Aussehen, ihren Mut und ihre Leichtigkeit zu lernen. Für ihn war sie die Schönste, Klügste und Beste.

Wochenlang hatte er sie mit kleinen Geschenken verwöhnt, einen Riegel Schokolade, ein Stückchen Seife, eine Blume. Dabei lag immer wieder dieser Ausdruck kindlicher Verwunderung auf seinem Gesicht, daß Gaby sich über seine bescheidenen Aufmerksamkeiten freute, sie nicht zurückwies. Als jüngster von vier Brüdern war er stets der Kleine, Ungeschickte und Dumme gewesen. So lange, bis er selbst davon überzeugt war. Gabys Zuneigung richtete ihn auf und gab ihm Selbstvertrauen.

Er wird mir nie etwas zuleide tun, wußte Gaby ganz sicher. Wie sie selbst verabscheute er Gewalt.

«Aber für dich würde ich mich in Stücke reißen lassen», sagte er einmal, als er sie zum Bahnhof brachte und eine Gruppe Halbstarker dort herumpöbelte.

Schnell zog Gaby ihn mit sich fort. «Du bist verrückt. Was erreichst du in so einem Fall mit Muskelkraft? Gar nichts. Mit dem Verstand muß man gewinnen. Denk an das Beispiel von David und Goliath.»

«Ich bin nicht gerade ein David», protestierte Norbert schwach. «Ich bin ein Meter und fünfundachtzig Zentimeter groß.»

«Ich meine ja nur.» Abwesend sah Gaby dem einfahrenden Zug entgegen.

«Nein, du bist kein David», wiederholte sie seine Worte, nachdem die Menschen, geschäftigen Ameisen gleich, aus- und eingestiegen waren, sich verlaufen hatten, als würden sie einem geheimen, unhörbaren Kommando folgen.

«Aber helfen kannst du mir vielleicht doch einmal…»

Norberts Gesicht begann vor Glück aufzuleuchten. Sie brauchte ihn. «Alles, was du willst. Ich bin immer für dich da.»

Sie fühlte, daß es bei ihm nicht nur Worte waren, um sie zu beeindrucken.

«Wenn es so weit ist, rechne ich auf dich. Allerdings kommt es dann auch mehr auf hier», sie machte eine entsprechende Handbewegung zum Kopf, «als auf hier an.» Sie wies auf seine Muskeln.

Norbert errötete. «Wenn du meinst, daß ich es kann.»

Gaby reckte sich auf Zehenspitzen und küßte ihn auf die Wange. «Natürlich kannst du. Du mußt nur genau tun, was ich sage.»

Es war typisch für Norbert, nicht weiter zu fragen. Er vertraute ihr. Was sie tat, war richtig, keine Wunschvorstellung, wie sie sein sollte. Für ihn war sie wunderbar, so wie sie war.

Norbert holte sie von zu Hause ab. Sie wollten zusammen ins Kino gehen. Gaby hatte die Erlaubnis, bis abends zehn Uhr auszugehen. Pappi betrachtete Norbert wie ein

Kuriosum. «Sie sind also Gabys neue Liebe?» fragte er ihn spöttisch. Norbert wurde blutrot.

«Ich, ich weiß nicht», stotterte er verlegen.

Pappi genoß die Situation, wippte unternehmungslustig mit seinem Fuß, lehnte sich im Stuhl zurück, verschränkte die Hände über der Brust und klopfte mit seinem Daumen den Takt einer unhörbaren Melodie.

Gaby schmiegte sich betont liebevoll an Norbert. «Wenn du nichts dagegen hast», blitzte sie Pappi an.

«Er hat gute Augen, dein Norbert», sagte Mutti später leise zu Gaby.

«Er ist gut», sagte Gaby.

Martie nahm die bunte Ansichtskarte in die Hand. «Darf ich sie mir ansehen?» fragte sie.

Gaby beugte sich über ihre Schultern. Sie duftet wie ein Frühlingsmorgen. Ein Duft, den ich nie gehabt habe.

«Die Karte ist von meinem großen Bruder Achim», erklärte sie.

«Ich wußte nicht, daß du außer Mark noch einen Bruder hast?»

«Er ist schon Jahre weg. Er fährt zur See.»

«Kommt er denn nicht zu Besuch?»

«Nein, er fährt unter fremder Heuer, das heißt, für ein anderes Land.» Sie holte tief Luft, lenkte ab: «Sieh einmal, die Karte ist aus San Francisco, er macht in Kalifornien Urlaub, schreibt er.»

«Was für eine tolle Brücke! Die reicht bis zu den Wolken.»

«Ja, so sieht es wirklich aus.» Gaby nickte, seufzte dann. «Leider gibt es keine Brücken direkt in den Himmel.»

Martie sah träumerisch an ihr vorbei zu den blassen Federwolken, die von der untergehenden Sonne zartrosa angehaucht wurden. «Gedanken und Wünsche kennen doch keine Grenzen, brauchen keine stählernen Brükken.»

Gaby setzte sich ihr gegenüber. «Ich glaube, von dir kann ich noch etwas lernen. Wovon träumst du denn? Oder darf ich das nicht wissen?»

Martie sah Gaby nachdenklich an und grub wieder ihre Zähne in ihre Unterlippe. «Doch», sagte sie dann. «Ich glaube, du lachst nicht.»

«Bestimmt nicht», versprach Gaby.

«In der Schule lachen sie mich aus. Sie sagen, ich bin eine Schlafwandlerin, weil ich soviel träume.»

Sie strich mit ihren Fingerspitzen über die glänzende Ansichtskarte. «Ich möchte überall in der Welt hinreisen. Alle Menschen sollen mich kennenlernen. Ich möchte für sie ihre Träume und Wünsche spielen.»

«Du willst Schauspielerin werden?»

Martie zog die Schultern hoch. «Ich möchte in immer andere Menschen schlüpfen. Ihnen meine Seele geben.»

Einen kurzen Moment dachte Gaby an ihre Erfahrung im Krankenhaus, als ihr eigener Körper für sie nur noch eine leblose Hülle war. Doch das meinte Martie nicht. Schnell schob sie die Erinnerung zur Seite.

«Ich glaube, eine gute Schauspielerin empfindet ihre Rolle so, wie du es gerade gesagt hast», überlegte Gaby. «Aber laß uns erst einmal versuchen, daß du die Schule schaffst. Als Voraussetzung für die Schauspielschule.»

Martie seufzte tief. «Es ist so langweilig, Zahlen, Vokabeln, tote Gegenstände.»

«Dann hauchen wir denen doch Leben ein», knüpfte Gaby den Faden von ihrem Gespräch weiter. «Wir erfinden zum Lehrstoff eigene Geschichten.»

«Wie meinst du das?»

«Nun, aus den englischen Vokabeln basteln wir uns noch eine eigene Fassung.» Gaby blätterte in Marties Englischbuch. «Hier, die Geschichte am Bahnhof. Der Zug fährt ein.» Gaby stockte eine Sekunde, dann las sie schnell weiter. «Jenny will zu ihrer Oma. Wir fragen uns: Warum will sie zu ihrer Oma? Wie ist ihre Oma? Vielleicht ist ihre Oma eine Hexe?»

Martie lachte. «Ich liebe Hexen. Mit einer Hexen-Oma gefällt mir die Lektion schon besser.»

«Gut so.» Gaby nahm das Biologiebuch. «Die Pflanzen beginnen für uns zu leben, sie erzählen uns Geschichten von summenden Bienen und eitlen Schmetterlingen. Und in Erdkunde…»

«Da reisen wir selber», Marties Augen begannen zu glänzen. «Wir füttern die Tauben auf dem Markusplatz.»

«Wir steigen zusammen auf den schiefen Turm von Pisa.»

«Wir fahren mit dem Raddampfer auf dem Mississippi.»

«Und ich sitze in der Loge, wenn du in der Metropolitan spielst.»

«Was ist die Metropolitan?» wollte Martie wissen.

«Eine große Oper in New York.»

«New York», wiederholte Martie den Namen, als schmecke sie den unbekannten Reiz der fernen Großstadt. «New York. Ich glaube, du kannst mir ordentlich etwas beibringen.»

«Nur in Mathe», Gaby zog ein bedenkliches Gesicht, «da hatte ich selbst immer Schwierigkeiten. Wie ich dir das schmackhaft machen soll?»

«Nicht nötig.» Martie schlug ihr Matheheft auf. «Meine letzte Arbeit. Eine Zwei. Hat mein Vater nicht gesagt, daß ich ausgerechnet im Rechnen ein As bin? Das habe ich von ihm geerbt.»

Gaby mußte laut auflachen. «Nein, das hat er nicht gesagt. Um so besser.» Impulsiv nahm Gaby Marties Hände. «Wir werden uns gut verstehen. Ich mag dich.»

«Ich dich auch!» lächelte Martie vertrauensvoll.

Pappi verfolgte Martie mit wäßrigen Gieraugen. Er betastete ihren mageren Mädchenkörper mit seinen Blicken und leckte seine trockenen Lippen, wenn sie an ihm vorbeiging.

Gaby ließ Martie nicht aus den Augen. Wie damals bei Anne, bezog sie im Flur Posten, wenn Martie zur Toilette ging, bat sie mit in die Küche, wenn sie etwas zu trinken wollte. Sie wachte über sie wie eine Vogelmutter über ihr Junges.

Martie bemerkte keine Gefahr.

«Auf Wiedersehen, Herr Malsch», grüßte sie freundlich beim Verlassen des Zimmers.

«Eh, auf Wiedersehen, Martie!» Seine Stimme krächzte vor verhaltener Erregung.

17

In der Berufsschule übersprang Gaby eine Klasse.

«Ihre Leistungen lassen das zu», teilte ihr der Leiter der Berufsschule mit.

Wenn Gaby nicht gerade Martie Nachhilfeunterricht gab, saß sie über ihre eigenen Bücher gebeugt und stopfte sich mit dem verlangten Wissen voll. Nur zum Wochenende ging sie mit Norbert aus, unschuldige, kleine Vergnügungen: spazieren an der Alster, ins Heimatmuseum, ins Kino, hin und wieder ins Theater mit verbilligten Karten.

Noch ein Jahr.

Ihr Ziel, sie durfte ihr Ziel nicht aus den Augen verlieren, sonst war sie selbst verloren. Sie dachte Tag und Nacht daran. Was sie auch tat, essen, trinken, schlafen, jetzt waren es nur noch Monate, noch Wochen, noch Tage…

18

Dr. Rehbein beugte sich über Gaby. Sie erkannte nur die Stimme, seine Umrisse zerflossen zwischen den roten Nebeln, die vor ihren Augen wallten. «Sie muß ins Krankenhaus. Wahrscheinlich eine schwere Gehirnerschütterung.»

Die Nebel wuchsen, schlossen sich zu einer Wand zusammen und verschwanden in einem dunklen, endlosen Tunnel.

Martie kam mit Blumen, verweinten Augen: «Warum hat er das getan?» fragte sie und legte die Astern auf die Bettdecke.

Herr Thormälen schob sie zur Tür, ein riesiger, unbeholfener Teddybär in einem etwas zu engen Sonntagsanzug.

«Es ist ja gut, mein Herzblatt.»

Norbert kam, blaß, sagte nichts. Er saß an ihrem Bett und starrte auf den blank gescheuerten Fußboden. «Ich bin schuld.» Er schluckte. «Nur ich. Ich kam zu spät, das Auto...»

«Ja», flüsterte Gaby, «das Auto. Aber jetzt macht es nichts mehr.»

Mutti kam nicht.

Stundenlang lag Gaby da und versuchte sich zu erinnern. Ihr Plan war gut gewesen. Langsam fügten sich die Bruchstücke wie ein Puzzle wieder zu einem Ganzen zusammen.

Norbert hatte sie nur teilweise ins Vertrauen gezogen.

«Ich will von zu Hause weg. Mein Stiefvater ist gemein zu mir. Wenn er getrunken hat, schlägt er mich.»

Das war ausreichend, um Norberts Hilfe zu bekommen.

«Ich könnte ihn zusammenschlagen!» Er ballte seine Fäuste. «Ihm zeigen, wie es ist, wenn man geprügelt wird.»

«Nein, das ändert nichts. Ich will die Zustimmung der Behörde, daß ich ausziehen kann. Und nicht nur das. Ich will unabhängig sein. Das bin ich nur, wenn ich für volljährig erklärt bin. Dann kann er keinen Einfluß mehr geltend machen. Auch nicht über meine Mutter.

Meine vorgezogene Prüfung vor der Handelskammer ist nächsten Freitag. Und gleich danach, am Montag abend, startet meine Aktion.»

Martie kam nach wie vor zum Unterricht. Sie hatte ihn zwar nicht mehr so nötig, aber ihr Vater meinte, schaden würde es bestimmt nicht.

«Montag abend ist meine Mutter immer zum Bridge», erklärte Gaby Norbert. «Mark wird bei einem Freund schlafen. Das wollte er schon lange. Mein Stiefvater ist zu Hause. Er bleibt immer zu Hause, wenn Martie kommt…»

«Warum?»

«Ach», Gaby zuckte die Schultern, «wahrscheinlich gefällt sie ihm. Sie ist so sanft, und sie ist in den letzten zwei Jahren noch hübscher geworden.»

«Findest du?»

Gaby merkte, daß es Norbert nicht aufgefallen war. Nach wie vor sah er nur sie.

«Dann werde ich meinen Stiefvater provozieren», fuhr Gaby fort. «Keine Angst, es genügt schon, wenn ich sage, er solle nicht soviel trinken. Dann vielleicht noch einmal eine dumme Bemerkung. Sorge du dafür, daß Marties Vater sie um neun Uhr abholt. Gehe einfach hin und sage ihm, ihr ist schlecht geworden, ob er sie von uns abholen könnte.»

«Ich kann sie doch nach Hause bringen?»

129

Gaby schüttelte den Kopf. «Du begreifst nicht. Ich will einen Zeugen, einen Erwachsenen, wie mein Stiefvater mit mir umspringt!»

Norbert kam entrüstet hoch. «Du willst ihn provozieren, damit er dich schlägt, und wir sollen zusehen?»

«Du sowieso nicht», besänftigte ihn Gaby. «Herr Thormälen soll mein Zeuge sein. Und ich paß schon auf, daß ich nicht zuviel abbekomme.»

Norbert lief im Zimmer hin und her, knickte unwillig gegen unsichtbare Stolpersteine. «Dein Plan gefällt mir nicht. Ganz und gar nicht. Wie soll ich ruhig nach Hause fahren, wenn er dir etwas antut?»

«Vergiß nicht, Martie ist auch noch da. Es wird schon nicht so schlimm werden. Denke daran, neun Uhr. Pünktlich!»

Sie hatte Norbert nur diese Version des Planes erzählt. In Wirklichkeit wollte sie kurz vor neun Uhr die Wohnung verlassen. Irgendeine Ausrede: Mark hat ein Schulbuch vergessen, ich bin gleich wieder da, Martie. Übe in der Zwischenzeit die Vokabeln.

Pappi und Martie allein in der Wohnung. Er würde es versuchen. Herr Thormälen kommt dazu. Sein Herzblatt und ein Sittenstrolch ...

Danach wird es leicht für sie sein, Muttis Unterschrift zur Volljährigkeit zu bekommen.

Und ihr Name wäre in keinen Skandal verwickelt. Sie hatte nichts damit zu tun. Wollte nur nicht mehr unter einem Dach mit so einem Mann leben.

Alles verlief programmgemäß.

Mutti ging zum Bridge.

Mark schlief bei Albert.

Martie kam pünktlich wie immer.

Pappi saß am Ofen. Er trank Bier und Korn und gierte über den Rand seiner Zeitung hinweg zu den Mädchen.

Unauffällig sah Gaby immer wieder auf ihre Armbanduhr. Marties Vater brauchte nicht länger als vier bis fünf Minuten von seiner Wohnung bis zu ihrer. Kurz vor neun Uhr wollte sie Marks Lesebuch vom Tisch nehmen. Das bringe ich noch eben zu Alberts Eltern. Sonst fehlt es Mark morgen früh in der Schule.

Kurz vor neun Uhr, nicht früher. Martie durfte nichts geschehen. Die Wohnungstür offenlassen, damit Herr Thormälen so eintreten konnte…

«Du bist so abwesend!» Martie stieß sie mit dem Ellbogen an. «Ich habe dich gefragt, wie du meine letzte Zwei findest. Noch dazu in Englisch.»

Gaby schrak auf. «Gut, wirklich, ja. Eigentlich hast du meine Hilfe nicht mehr nötig.»

«Ich komme ja auch nicht nur wegen der Hilfe in Englisch…»

«Es gefällt ihr bei uns!» Pappi faltete seine Zeitung zusammen und lächelte Martie an.

Jetzt.

Gaby stand auf. Sieben Minuten vor neun Uhr.

«Da liegt Marks Lesebuch. Ich bringe es zu Alberts Eltern. Er hat morgen früh in der ersten Stunde Lesen. Ich bin gleich zurück.» Sie wagte nicht, Martie anzusehen. «Wiederhole die Vokabeln von heute. Wenn ich zurückkomme, höre ich dich noch ab.»

Laut fiel die Eingangstür ins Schloß. Mit ihrem Woh-
nungsschlüssel schloß sie die Tür leise wieder auf und
legte eine zusammengefaltete Zeitung so zwischen die
Tür, daß das Schloß nicht einrasten konnte.

Dann ging sie im Dunkeln die Treppe hinunter und wartete im Keller auf Herrn Thormälens kräftigen Schritt.

Fünf Minuten.

Pappi wird nicht gleich über sie herfallen. Sie ist neues
Terrain für ihn. Er wird ein Glas Wein anbieten. Als Mun-
termacher. Martie liebte süßen Rotwein.

Zehn Minuten.

Jetzt mußte Marties Vater gleich kommen. Pappis Hand
unter Marties Rock, an ihrem Ausschnitt. Nicht-Begreifen bei Martie. Was will der Vater von Gaby? Herrn
Thormälens ungläubiges, entsetztes Gesicht. Jemand
besudelte sein Herzblatt. Dem würde er es geben.

Fünfzehn Minuten.

Ich kann nicht länger warten. Etwas hat Norbert auf-
gehalten. Herr Thormälen kommt nicht. Ihr Kartenhaus
stürzt zusammen, begräbt Martie unter sich.

Sie rast die Treppen hoch, stößt die Wohnungstür weit
auf.

«Nein, nein, bitte nicht», hört sie Martie verängstigt ru-
fen.

Sie reißt die Wohnzimmertür auf. Er hat Martie halb auf
den Tisch gedrückt, ihr Kleid hochgeschoben. Neben ihr
steht eine Weinflasche, aus einem umgefallenen Glas
breitet sich eine kleine, rote Lache auf dem Tischtuch
aus.

Sie zerrt ihn zurück, trommelt mit den Fäusten auf seinen
Rücken, tritt gegen seine Beine.

«Laß sie los, laß das Kind los, du Untier, du Schwein.»
Tränen strömen über ihr Gesicht, warme, befreiende Tränen.
Schwer atmend kommt er hoch, gibt Martie frei, dreht sich zu ihr um. Seine Augen sind blutunterlaufen.
«Hau ab, du!» Er holt aus, um sie zu schlagen. Sie duckt sich, der Schlag durchschneidet die Luft.
«Lauf weg, Martie, lauf weg!» Aus den Augenwinkeln sieht sie Martie vom Tisch rutschen, unschlüssig stehenbleiben.
«Lauf», weint Gaby, «lauf!» Dann trifft sie der erste Schlag. Sie taumelt gegen den Tisch. Martie schreit auf, läuft weg. Die Eingangstür fällt ins Schloß. Gabys letzter, bewußter Gedanke. Die Tür ist zu. Niemand kann ihr zu Hilfe kommen.

Mutti unterschreibt den Antrag auf Volljährigkeit.
Dr. Rehbein hat es ihr geraten.
«Gaby erstattet sonst Anzeige wegen Mißhandlung und…» Er spricht nicht weiter. Er hat nichts aus Gaby herausbekommen, sah nur zum zweitenmal das zusammengeschlagene Stück Mensch.
Er erinnerte sich plötzlich überdeutlich an die kleine, ekzembedeckte Gaby. Ein nervöses, unglückliches Kind. Ich habe es nicht gesehen. Es geschah genau vor meinen Augen.
«Wenn Sie nicht unterschreiben, werde ich selbst die Behörde einschalten», fuhr er mit fester Stimme fort. «In dieses Haus kehrt Gaby nicht mehr zurück.»
«Dann kommt sie eben in ein Heim», begehrte Pappi auf.

Dr. Rehbein sah starr zu Mutti.

«Wenn Sie nicht unterschreiben, sorge ich dafür, daß Ihr Mann ins Gefängnis kommt. Nicht nur wegen Mißhandlung.»

«Sie lügt, alles, was sie sagt, ist gelogen.» Mutti wischte sich über die trockenen Augen. «Sie hat ihn angegriffen. Sie war eifersüchtig auf die kleine Martie.»

«Soll ich Martie hierher holen?» Dr. Rehbein legte das Formular vor Mutti. «Sie wissen doch, daß Herr Thormälen gedroht hat, Ihren Mann umzubringen, wenn er noch einmal in die Nähe seiner Tochter kommt?»

Mutti sah den Arzt an, hilflos und verzweifelt.

«Wie soll ich denn weiterleben, wenn ich das glauben würde, was Sie sagen? Dann könnte ich mich ja gleich aufhängen.»

Pappi sagte nichts.

Dr. Rehbein gab Mutti den Füllfederhalter in die Hand.

«Es dreht sich jetzt nicht darum, wie Sie weiterleben. Es dreht sich darum, daß Gaby weiterlebt. Und dazu braucht sie Ihre Unterschrift.»

Mutti sah zu Pappi, nur ganz kurz, dann unterschrieb sie.

«Daß Gaby mir das antut, nie werde ich ihr das verzeihen.»

Dr. Rehbein nahm den Antrag, blies Muttis Unterschrift trocken, faltete das Papier zusammen.

«Ja», sagte er, «das glaube ich Ihnen. Aber in Augenblicken der Verzweiflung zählt nicht, was richtig oder verkehrt ist. Es zählt nur, was uns weiterleben läßt.»

Nachwort

Gaby ist heute eine erwachsene Frau. Ihre Mädchenkindheit, die sie hier beschreibt, spielte Ende der vierziger und in den fünfziger Jahren. Auch wenn die Fünfziger heute wieder «in» sind, was Mode und Musik betrifft, so weiß doch heute jedes Mädchen und jeder Junge, daß es eine schwere – und auch eine muffige Zeit war. Tauschen möchten wir alle nicht. Die ersten Jahre unmittelbar nach Kriegsende können sich die, die heute jung sind, sicher nur schwer vorstellen. Was es heißt, nicht genug zu essen zu haben und außerordentlich eingeschränkt und ohne jeden Komfort zu leben, das wird aus Gabys Geschichte auch deutlich. Und was dann eine Tafel Schokolade für ein Glück, für einen Genuß bedeutet! Wir verstehen, daß Gaby sofort dem Mann dankbar ist, der so etwas möglich macht. Aber es geht nicht nur um Schokolade, es geht auch um das Glück – vor allem das Glück der Mutter. Daß sie nach dem Tod des Mannes wieder einen gefunden hat, der sich um sie kümmert, der sich sorgt und Verantwortung übernehmen will, der nach außen hin wieder zeigt, daß ein Mann im Haus ist, daß die Familie wieder vollständig ist – das hatte in dieser Zeit eine große Bedeutung. Und wir sollten nicht denken, daß so etwas heute bedeutungslos geworden wäre. Daß Frauen alleine nicht glücklich sein können und Kinder einen Vater brauchen, das gilt auch in unserer Zeit.

Zuckerpüppchen gibt es auch heute – ebenso wie zu Gabys Kinderzeit. Heute sagt man vielleicht etwas anderes, nicht mehr «Zuckerpüppchen», heute sehen die Mädchen anders aus, haben andere Freiheiten und Gewohnheiten. Und doch sind viele von ihnen ein Zuckerpüppchen, wie Gaby es war – ein kleines Mädchen, das von seinem Vater oder Stiefvater geliebt wird und verwöhnt, das ihn auch sehr lieb hat und stolz darauf ist, daß es für ihn «etwas ganz Besonderes» ist. Sicher würde sich jedes Mädchen freuen, wenn der Vater so zu ihr wäre.

Wenn da nicht all das andere wäre, das Schreckliche. Das, was sie nicht will, was sie aber nicht abwehren kann. Das, worüber sie sich nicht zu reden traut, was sie krank macht und verzweifelt – was bewirkt, daß sie schließlich nicht mehr leben will: die sexuellen Übergriffe des Vaters, von denen nie jemand etwas erfahren darf und die ihr das Leben zur Hölle machen. Und wer jetzt denkt, daß es deshalb so schwierig war für Gaby, weil in dieser Zeit der vierziger und fünfziger Jahre eben alle so prüde und verklemmt waren, daß ein Mädchen wirklich nicht über solche Dinge mit anderen sprechen konnte, der irrt sich. Auch heute ist es für die Mädchen, die sexuell mißbraucht werden, das größte Problem, Mut zu fassen und sich jemandem anzuvertrauen. Das hat mit Prüderie gar nichts zu tun. Ein Mädchen, das sexuelle Übergriffe ertragen muß vom Vater oder einem anderen nahestehenden Mann, das weiß genau, welch ungeheure Beschuldigung sie ausspricht, wenn sie das laut sagt. Sie muß sich fragen, wer ihr diese Geschichte überhaupt glauben wird; wer Verständnis aufbringen wird dafür, daß sie schon so lange geschwiegen hat; wer verstehen wird, wie sehr sie sich geängstigt hat; wie furchtbar das alles für sie ist und wie schwer es ist, das in Worte zu fassen. Auch heute haben Mädchen große Angst davor, was wohl passieren wird, wenn sie aussprechen, was ihnen angetan wird. Und sie schämen sich sehr und glauben, selbst schuldig zu sein an dem, was der Mann mit ihnen macht. Und, was das wichtigste ist, sie wissen nicht, daß es so *viele* Mädchen sind, denen so etwas passiert. Jedes dritte Mädchen macht noch vor seinem 16. Lebensjahr die Erfahrung sexueller Gewalt, und den meisten von ihnen geht es wie Gaby: Es ist ein Freund, ein Bekannter, ein Mann der eigenen Familie, der Stiefvater, der Vater.

Da mag sich noch soviel verändert haben zwischen Kindern und Erwachsenen, zwischen Eltern und Kindern und auch zwischen Frauen und Männern in den letzten Jahrzehnten: Trotzdem sind heute Mädchen genauso abhängig von ihren Familien, möchten am liebsten in Liebe und Geborgenheit leben und sind bereit, sehr viel dafür zu tun, damit der Vater, die Mutter und auch die Geschwister glücklich sind. Genau wie Gaby. Sie weiß genau, daß die neue Ehe der Mutter auf dem Spiel steht; sie weiß, daß es nicht einfach ist, drei Kinder alleine aufzuziehen. Der Wunsch Gabys und auch ihres Bruders, lieber ohne den neuen Vater und dafür in Frieden zu leben, tritt selbstverständlich zurück hinter den Wünschen und Plänen der Erwachsenen. Die Kinder fügen sich. Gaby weiß, daß viel Verantwortung auf ihr ruht, vieles von ihr abhängt. Wie sehr sie vom Vater für den Familienfrieden verantwortlich gemacht wird, können wir daran sehen, daß sie später ein Abkommen mit ihm trifft, das die Zahl der Vergewaltigungen und Übergriffe pro Woche regelt. Daraufhin herrscht allgemeine Zufriedenheit und Harmonie in der Familie, weil er endlich bekommt, was er will. Wie schäbig diese Situation ist, scheint ihm nicht klar zu sein, auch daß Gaby ihm weder Liebe noch Achtung entgegenbringt, schon gar nicht sexuelles Interesse – das sieht er nicht. Er sieht nur seine eigenen Bedürfnisse und interpretiert Gabys Verhalten ganz nach seinen Phantasien. Für Mädchen, die in einer ähnlichen Falle stecken wie Gaby, ist es lebenswichtig zu wissen, daß sie reden und Hilfe suchen dürfen, ja sogar um ihrer selbst willen müssen. Niemand darf ihnen vorwerfen, sie hätten den Familienfrieden zerstört oder die Familie auseinandergerissen. Das hat der Mißbraucher getan, nicht sie. Er hat ihr Vertrauen mißbraucht, seine Macht mißbraucht, sie erpreßt und verletzt. Damit hat er das Recht verwirkt, sich Vater zu nennen und ihre Loyalität als Tochter in Anspruch zu nehmen.

Auch wenn sie vielleicht vorgehabt hatte, mit ihrer Mutter über alles zu reden, so ist es ihr spätestens dann unmöglich geworden, als sie miterlebt, wie die Mutter einen Selbstmordversuch unternimmt, als ihr Mann sie verlassen will. Jetzt trägt Gaby, so klein sie noch ist, nicht nur Verantwortung für das Glück der Mutter, sondern auch für deren Leben. Denn was wird die Mutter tun, wenn sie die ungeheure Wahrheit über ihren Mann erfährt: daß er die Stieftochter sexuell mißbraucht? Es gehört viel Mut dazu, *trotzdem* über die erlebte Gewalt zu sprechen, *trotzdem* die Angst und die Scham zu überwinden und jemanden zu suchen, zu dem man Vertrauen haben kann. Viele Mädchen schaffen es nicht, warten wie Gaby jahrelang darauf, daß sich ihre Situation durch ein Wunder ändert. Aber mehr und mehr Mädchen erfahren heute, daß sie nicht die einzigen sind, denen so etwas passiert, daß es Frauen gibt, die sich auskennen, die ihnen glauben und ihnen Unterstützung geben können.

Das ist das Verdienst von Frauen, die selbst als Mädchen sexuelle Übergriffe durch Väter und andere Männer ertragen mußten und die später als erwachsene Frauen begonnen haben, eine öffentliche Diskussion darüber herzustellen, andere Frauen und Mädchen zu informieren, Beratungsstellen einzurichten und Selbsthilfegruppen anzubieten. Bei uns wird diese Diskussion in der Öffentlichkeit erst seit wenigen Jahren geführt, und noch nicht allzuviele Verantwortliche und auch Betroffene wissen davon oder nur sehr wenig. Daß sich daran etwas ändert, dazu trägt auch Gabys Geschichte bei.

Mädchen, die heute sexuelle Gewalt erleiden oder davon bedroht sind, können, wenn sie durch einen glücklichen Zufall dieses Buch in die Hand bekommen, von Gaby lernen. Sie können versuchen, ihre Situation schon früher zu verändern: auszusprechen, was sie bedrückt: können versuchen, an sich selbst zu denken. Sie können sich klarmachen, daß nicht sie schuld daran sind, schlecht sind, verachtenswert sind, sondern daß es der *Mann* ist, der Verantwortung trägt dafür, was er tut und was er läßt. Er *allein* muß zur Rechenschaft gezogen werden, das Mädchen sollte nur Unterstützung und Trost bekommen, weder Vorwürfe noch Strafandrohung.

Vielen Mädchen geht es so, daß die ersten sexuellen Übergriffe schon dann beginnen, wenn sie noch ganz klein sind und gar nicht genau wissen, was das denn ist und daß das alles mit Sexualität zu tun hat. Sie wissen nur, daß sie es nicht wollen, daß es irgendwie unangenehm ist, daß es ihnen weh tut. Aber gerade dann, wenn sie klein sind oder wenn sie eine sehr zärtliche Beziehung zu diesem Mann haben, ist es oft schwer zu sagen: «Ich will das nicht.» Gaby war sogar mutig und hat schon als kleines Mädchen ganz am Anfang gesagt, daß er damit aufhören soll, daß sie es nicht will. Aber auch das hat ihr nichts genützt, denn ihr Vater hat sowieso nur getan, was er wollte. Später wurde es für sie sehr riskant, ihm zu widersprechen. Als sie älter wurde, lernte sie ihn als sehr gewalttätig kennen und hatte allen Grund, vorsichtig zu sein und die Situation nicht noch mehr eskalieren zu lassen. Gabys Vater war so unbeherrscht, daß er sie einige Male schwer mißhandelt hat. Andere Männer, die Mädchen mißbrauchen, kommen ganz ohne Schläge aus: Sie erpressen die Mädchen, oder sie machen sie völlig von sich abhängig, zerstören die gute Beziehung zur Mutter, reden ihnen ein, das sei normal und alle Väter täten das mit ihren Töchtern. Auch wenn der Mißbrauch nicht durch Schläge und Mißhandlungen erzwungen wird – er ist auch dann genauso schlimm. Manche Mädchen lieben ihre Väter trotzdem sehr und würden alles tun, damit sie nicht unglücklich sind.

Wenn Mädchen sexuell mißbraucht werden, wird ihnen von dem Mann immer sehr gründlich klargemacht, daß sie darüber nicht reden dürfen. Das Geheimnis muß gewahrt werden, denn seine Sicherheit hängt davon ab, daß sie schweigt. Vor allem die Mutter darf nichts davon erfahren. Aber die Mädchen selbst wollen meist nicht, daß jemand davon erfährt, denn sie sehen sich selbst als «besudelt» – wie Gaby es nennt –, als beschmutzt und gedemütigt. Sie wollen auf keinen Fall, daß dieses «Geheimnis» anderen bekannt wird, daß sie dadurch die Liebe und Achtung von anderen verlieren. Gaby hat die Liebe ihrer besten Freundin als kleines Mädchen dadurch verloren, daß der Vater auch sie angegriffen hat. Gaby hat es nicht gewagt, die Wahrheit zu sagen. Sie hat die Liebe ihres ersten Freundes verloren, weil ihr Vater sie bei ihm schlechtgemacht hat. Wie hätte der Freund reagiert, wenn er die Wahrheit erfahren hätte? So oder so war sie in seinen Augen nicht mehr unschuldig, sondern verdorben. Mädchen geraten durch den sexuellen Mißbrauch in große Isolation, und der Mann, der ihnen Gewalt antut, hat alle Mittel in der Hand, um diese Isolation zu verstärken. Aber eine, die keine Freundinnen und Freunde hat, die keine Menschen um sich hat, zu denen sie volles Vertrauen haben und mit denen sie über alles reden kann, die findet auch nur schwer jemanden, der ihr dann hilft und sie unterstützt. Das ist das Ziel, so ist sie dem Mißbraucher nur noch mehr ausgeliefert.

Heute – nach ein paar Jahren Diskussion in der Öffentlichkeit – wissen bereits immer mehr Menschen über sexuellen Mißbrauch Bescheid: wie häufig so etwas Mädchen passiert; daß es schon sehr kleinen Mädchen passiert und daß nicht die Mädchen daran die Schuld tragen, sondern daß es die erwachsenen Männer sind, die alleine die Verantwortung für das, was sie tun, übernehmen müssen. Schon damals schien einigen Leuten die Sache mit Gaby nicht geheuer: Als sie von zu Hause fortlief, vermutete die Polizei, daß sie noch andere Gründe haben müsse. Aber sie wurde in Gegenwart des Vaters befragt, und da war niemand, die oder der ihr ganz in Ruhe und unter vier Augen Information gegeben hätte und sie darin bestärkt hätte, auszusprechen, was mit ihr los sei.

Auch der Hausarzt, der sie ja von klein auf kannte, machte sich Sorgen um sie: Ihre Hautkrankheit ging einfach nicht weg; sie hatte Verletzungen, die durch einen Sturz auf der Treppe nun wirklich nicht erklärbar waren; sie verlangte nach Schlaftabletten; sie «fiel» vor den Zug. Das alles hat ihn sehr beunruhigt, aber auch er kam nicht darauf, was es hätte sein können, und sein Unwissen hat es Gaby nicht möglich gemacht zu reden! Auch der Lehrerin fiel auf, daß sie nervös und verängstigt war, und weil sie eine sehr gerechte und energische Frau war, hätte Gaby mit ihr reden können, aber auch sie vermochte ihr nicht das Stichwort zu geben, das die Ängste beseitigen konnte.

Für viele Mädchen ist es ein großes Glück, daß heute Lehrerinnen, Erzieherinnen, Polizeibeamtinnen und auch Ärztinnen und Ärzte langsam immer mehr über sexuellen Mißbrauch wissen. Es ist noch lange nicht genug, und viel zuviele Mädchen werden auch heute noch nicht gehört und mißverstanden wie Gaby. Aber es hat eine langsame Veränderung begonnen. Dieses Buch wird dazu beitragen, daß es weitergeht. Ein Arzt sollte wissen, daß gerade Hautbeschwerden, die gar nicht erklärbar sind, häufig mit sexuellen Übergriffen zu tun haben, daß bestimmte Verletzungen nur durch Mißhandlungen verursacht werden können, nicht durch Hinfallen. Er sollte in der Lage sein, mit einem Mädchen darüber zu reden. Nicht nur bohrende Fragen stellen, sondern Information geben und mit ihr direkt reden. Nicht mit den Eltern. Polizeibeamtinnen haben oft mit sexueller Gewalt zu tun. Sie sollten wissen: Wenn Mädchen von zu Hause fortlaufen, ist es einer der wichtigsten Gründe, daß sie sexuellen Übergriffen ausgesetzt sind. Sie sollten sie schützen, nicht einfach mit dem Mißbraucher nach Hause schicken.

Sie sollten auch wissen, daß Männer, die Mädchen ihrer Familie sexuell mißbrauchen, sehr oft nette, gutsituierte, höfliche oder gebildete Männer sind, die nach außen immer vorgeben, gute, besorgte Väter zu sein. Lehrerinnen sollten wissen, daß Nervosität, Konzentrationsprobleme oder ähnliche Schwierigkeiten bei Mädchen immer bedeuten, daß sie große Probleme haben. Sie können mit den Mädchen darüber reden – ohne daß die ganze Klasse drumherumsteht. Sie könnten im Unterricht über sexuelle Gewalt sprechen und den Mädchen ganz viele wichtige Informationen geben, ohne sie direkt ansprechen zu müssen. Gabys Lehrerin hätte dies vielleicht getan, wenn sie davon gewußt hätte, denn sie hat auch andere Probleme zur Sprache gebracht und Mädchen vor den Angriffen und Beschuldigungen anderer geschützt.

Nur wenn viele Menschen etwas dafür tun, daß die Information über sexuellen Mißbrauch weitergetragen wird und recht viele Mädchen davon hören und wissen: Sie sind nicht die einzigen, denen so etwas passiert; sie sind nicht schuld daran; sie dürfen das Schweigen brechen, auch wenn sie versprochen haben, nichts zu sagen usw. – erst dann wird sich für Mädchen etwas ändern.

Inzwischen sind in vielen Städten Beratungsstellen und Selbsthilfegruppen eingerichtet worden, wo Frauen arbeiten, die sehr viel Erfahrung haben mit sexuellem Mißbrauch und die sowohl die Mädchen beraten können als auch die Mütter oder andere Personen, die ein Mädchen unterstützen wollen. Es wäre gut, wenn mehr und mehr Mädchen den Mut fassen würden, zu diesen Gruppen oder Beratungsstellen zu gehen und ihr Problem auszusprechen. Es wird sicherlich noch Jahre dauern, bis wir sagen können, wir haben die Situation für Mädchen wirklich verändert, aber ein wenig haben wir sie bereits verbessert, und wir können noch viel tun.

Ein Mädchen zu sein und zur Frau heranzuwachsen – das ist auch heute noch nicht einfach. Gleiche Rechte und Freiheiten haben Jungen und Mädchen immer noch nicht. Deshalb brauchen Mädchen Vorbilder von erwachsenen Frauen, die ihnen zeigen, daß Frau-Sein noch lange nicht heißt, sich alles gefallen lassen zu müssen.

Frau-Sein heißt nicht: Gewalt ertragen zu müssen, Sexualobjekt zu sein, dumme Witze und Sprüche wortlos hinzunehmen, nachts auf der Straße Angst zu haben, sogar in der eigenen Wohnung, der eigenen Familie Angst haben zu müssen.

Mädchen benötigen viel Unterstützung, Anregung und Ermutigung, um auszuprobieren, wie sie leben wollen: was ihre Interessen sind; was sie selbst für ihre Zukunft brauchen.

Und ihre Zukunft, das ist viel mehr als Mode, Musik und Männer. Mädchen brauchen eigene Gruppen und Räume, wo nicht die Jungen das Sagen haben. Sie brauchen Freiräume, um zu lernen, ihren Gefühlen zu trauen, eigene Wünsche zu entwickeln, sich Träume mitzuteilen und Ängste – und eigene Stärke zu erleben.

Ich wünsche mir, daß dieses Buch viele Mädchen ein Stück auf dem Weg zu einer neuen Art von Frau-Sein begleitet und viele Frauen darin ermutigt, über ihre Erfahrungen zu sprechen und die Unterstützung anderer Frauen zu suchen – nicht alleine zu bleiben und zu schweigen.

Barbara Kavemann

Hilfe für sexuell mißbrauchte Mädchen

Die Angebote der folgenden Einrichtungen reichen von Information/ Fortbildung und Beratung/Therapie über Selbsthilfegruppen bis hin zu Wohnmöglichkeiten für Mädchen.

Es gibt zunächst eine Reihe von Institutionen, die z.T. eigene Angebote machen, z.T. auf andere in ihrem Einzugsbereich verweisen. Deren Adressen sind per Telefonbuch oder Auskunft zu ermitteln:

Mädchentreffs/-wohnheime
Kinderschutzzentren
Deutscher Kinderschutzbund
Frauenzentren/-läden
Frauenhäuser
Frauengesundheitsläden/
  -therapiezentren
Notrufe
Frauenberatungsstellen
Pro Familia

Arbeiterwohlfahrt
Frauengleichstellungsstellen
Frauenreferate der Hochschulen
Psychologische Beratungsstellen
  der Kirchen/Verbände
Jugendämter
Allgemeine soziale Dienste
Erziehungsberatungsstellen
Schulpsychologische Dienste

Daneben gibt es spezialisierte Anlaufstellen für sexuell mißbrauchte Mädchen. Eine aktuelle Anschriftenliste kann bei

      Donna Vita
      Fachhandel für Materialien
      gegen sexuellen Mißbrauch
      Ruhnmark 11
      D-24975 Maasbüll b. Flensburg
      Telefon: 04634/1717

angefordert werden.

Die Fortsetzung von "Gute Nacht, Zuckerpüppchen"

Zuckerpüppchen - Was danach geschah

Als die erwachsene Gaby - einst "Pappis" geliebtes Zuckerpüppchen, von ihm Jahre hindurch sexuell mißbraucht - ihren Traummann Hubert, einen Manager, heiratet, fühlt sie sich zutiefst geborgen. Aber diese Geborgenheit erweist sich als goldener Käfig, wird ein Leidensweg. Mit Hilfe eines Therapeuten muß Gaby einen langen schmerzhaften Entwicklungsprozeß durchmachen, bis sie innerlich auf eigenen Füßen steht und ihr Leben selbst in die Hand nehmen kann.

Viele Male ist Heidi Hassenmüller gefragt worden, was "danach geschah".

Hier ist die Antwort. Ein Buch, das in Aussage und Resonanz an den ersten Band anknüpft.

Georg Bitter Verlag Görresstraße 6, 45657 Recklinghausen, Tel: 02361/ 9144-0